Elvira Lindo

EL OTRO BARRIO

punto de lectura

© 1998, Elvira Lindo
© De esta edición:
2006, Santillana Ediciones Generales, S.L.
Torrelaguna, 60. 28043 Madrid (España)
www.puntodelectura.com
Teléfono 91 744 90 60

ISBN: 978-84-663-1921-8
Depósito legal: B-14.809-2010
Impreso en España – Printed in Spain

Diseño de portada: Cartel original de la película «El otro barrio»
Cortesía de Tornasol Films
© 2000 Tornasol Films

Impreso por Litografía Rosés, S.A.

Primera edición: noviembre 2006
Segunda edición: diciembre 2006
Tercera edición: enero 2009
Cuarta edición: junio 2009
Quinta edición: marzo 2010

88 / 2

«Cómo pasa el tiempo. Me estoy viendo a mí misma entregando el manuscrito de este libro al editor, con el miedo y el pudor que me provocaba el dar a conocer mi primer trabajo no humorístico, aunque en esta novela el humor también esté presente. Parece que fue ayer cuando el pequeño libro empezó a tener lectores. Cada lector me parecía un regalo. Y parece que fue ayer cuando el director de cine Salvador García me pidió mi historia para construir la suya, su película.

Decía Onetti que en la vida sólo hay arrepentimiento y olvido. Es cierto, a menudo la vida se resume en eso. Pero tengo la fortuna de que este libro, mal o bien escrito, no lo sé, me trae buenos recuerdos, y cosa rara en mí, ningún arrepentimiento por haberlo escrito.»

Elvira Lindo

«De pequeño, al salir del colegio, solía ir a jugar a un descampado que había junto a la Colonia de Santa Ana. Ahí terminaba Vallecas. A lo lejos se veían las casas de otro barrio cercano, Moratalaz. No sé cuántas tardes de mi infancia pasé allí, pero no he podido olvidar ese lugar, ni la sensación que nos provocaba a mí y a mis amigos del colegio correr por la hierba, junto a los restos de una antigua fábrica de cerámica.

Quizá alguna de esas tardes traté de imaginar cómo sería mi vida cuando fuese mayor, mientras en aquel otro barrio una niña soñaba con ser escritora.

Cuando leí esta novela era incapaz de situar en mi memoria el Parque de las Tetas, así que un día fui a buscarlo. Era mi descampado. *El otro barrio* me hizo reencontrarme con él y con muchos recuerdos. Y me ha dejado una película y un buen montón de amigos en el corazón.»

Salvador García Ruiz
(Director de la película El otro barrio*)*

En un momento en el que el mundo parecía haberse olvidado de mí tuve la suerte de conocer a Mariano Román y a Carlos García, que me rescataron de la soledad, que fueron grandes amigos desde el principio, que lo siguen siendo. La constancia de su amistad y la constancia del amor de mi marido, Antonio, me ayudaron entonces a vivir y me han permitido ahora escribir esta historia. Han pasado algunos años desde que el azar los puso en mi camino, pero aquella persona frágil que fui y que sigo siendo pone en sus manos este libro para darles las gracias.

ELVIRA LINDO

¡Muchos años pasaron sin que yo te
[recordara, padre mío!
¿Dónde estabas tú esos años?

ANTONIO MACHADO

PRIMERA PARTE

Me sentí tan solo

Uno

A Ramón Fortuna le tiene dicho su abogado que no hable del asunto con nadie que no sea él o la psicóloga o el asistente social que a diario da un golpecito en la puerta, asoma la cabeza, y pregunta, qué tal, Ramón, cómo lo llevas. Pero a Ramón Fortuna le sobran ya esos consejos, ha aprendido a medir sus palabras, a años luz está de aquel Ramón Fortuna al que Marcelo Román, su abogado, dijo: «Chico, tú eres un imbécil». Eso en su momento le violentó, la verdad, pero ahora, viéndolo todo tan claro, sintiendo como si alguien hubiera encendido por fin la luz en su mente, Ramón Fortuna piensa, es verdad, era un imbécil, ahora soy un tío con misterio, con una historia a mis espaldas y un pasado que ocultar, eso no lo puede decir cualquiera.

Ha pasado menos de un mes desde que conoció a Marcelo pero para Ramón han pasado muchos años, más correcto sería decir que ha vuelto a nacer. Nada que ver con aquel chico de la calle Payaso Fofó, huérfano muy temprano de un ferroviario, pero lo menos parecido a un huérfano de Dickens, rodeado de madres, la de verdad y las postizas, su hermana y las dos vecinas de abajo, las Eche —por Echevarría—. Todas amparando al que casi

13

no conoció a su padre, supliendo la falta, algodonándole. Hijo único, con una hermana quince años mayor que él, hijo único de unas vecinas sin hijos, de una madre viuda: hijo único por los cuatro costados. Dónde queda aquel Ramón Fortuna al que las madres planchaban el traje del Rayo para que fuera como un hincha impecable a ver a su equipo. Ramón les decía adiós desde la esquina a aquellas ocho manos maternales que asomaban por las ventanas del tercero y el cuarto, que hacían lo imposible porque creciera feliz, aunque era fácil porque la verdad es que tuvieron mucha suerte con él. ¿Qué chaval de hoy se acerca después del partido, vestido de hincha aún, a la pastelería a comprar dos bandejas de bartolillos para el postre de sus mujeres? Ese chaval sólo podía llamarse Ramón Fortuna, o Mamón, como le bromeaban sus amigos de verle tan atendido y tan atento. Y era verdad, Mamón, Mamón, así hubieran tenido que registrarle el día que nació. Mamón de ocho pechos para una infancia que, de no ser por lo que ocurrió, no se hubiera acabado nunca. Pero todo esto no quiere decir que él estuviera exactamente incómodo en esa inmensa cuna que le había regalado la vida, aunque ahora recuerda, cuando ya es otro Ramón, que alguna vez se sintió distinto al resto de sus amigos. Alguna vez como la de aquellos carnavales del año pasado, en los que enfundado en el perfecto disfraz de Eduardo Manostijeras que le habían confeccionado las Eche, y abrazado a Valentín y al gordo de Minnesota, tuvo la sensación de tocar por fin el futuro, la gloria, el centro de la Tierra. Lo sentía mientras avanzaba en aquella procesión humana y desmadrada que subía una Avenida de la Albufera sin tráfico. Todos del

mismo barrio, del mismo equipo y cantando a voces
aquel himno a la solidaridad local:

> *Somos del Puente Vallecas,*
> *no nos metemos con nadie,*
> *quien se meta con nosotros,*
> *¡aúpa!*
> *Nos cagamos en su padre.*

El mundo era armónico para Ramón en aquel
momento, hasta que en la esquina, su esquina, la del
Payaso Fofó con la avenida, descubrió entre el público
a las cuatro hembras de sus ojos, que le saludaban enter-
necidas, con esa sonrisa que se dedica a los niños
cuando hacen una travesura perdonable. A Ramón se le
heló la canción en los labios, pero venció la ligera inco-
modidad interior para saludarlas con su mano-tijera, y
volvió a su verdadera naturaleza, la de huérfano de por
vida, hijo póstumo, niño eterno, aunque a principios de
año fuera a cumplir ya dieciséis años. Su descenso al
lado salvaje de la vida había durado menos que un viaje
en ascensor.

Nunca hubiera hablado con nadie de estas cosas de
no ser porque ahora el nuevo Ramón tiene una sesión
diaria con la psicóloga, otra con el asistente social, y las
visitas de su madre, su hermana, y una de las Eche, porque la segunda Eche, la segunda Eche ya no está entre
nosotros. Todos quieren saber dónde estuvo ese fallo
terrible que fue alimentando en este pobre chico una
personalidad asesina y vengativa, en qué momento aquella personalidad armoniosa se desdobló y fue criando en

el más absoluto de los secretos a otro Ramón que carecía de piedad alguna.

De tanto rebuscar en el pasado, Ramón ha descubierto lo que jamás creyó sentir, lo que nunca hubiera sospechado: que fue un niño infeliz, abrumado por la sobreprotección, castrado por falta de referentes masculinos y acomplejado por el tamaño de su pene (se ha acostumbrado a llamarlo así de tanto hablar con la psicóloga, no le parece lógico decir polla delante de ella).

—¿Hay algo en tu cuerpo que no te guste, Ramón?

—Bueno, como a todo el mundo. Es que no creo que tenga importancia para usted.

—Para mí todo lo que me cuentes tiene importancia.

—Quiero decir que no me parece normal contarle a nadie...

—Tampoco se puede decir que esta situación en la que nos encontramos sea muy normal, ¿no crees, Ramón?

No, no es normal, no es normal esta nueva vida en la que todo el mundo le pregunta aquello que él nunca se preguntó a sí mismo.

—Bueno, a lo mejor me gustaría tener ya algo de barba.

Claro, el caso es rebuscar. Se pone uno a rebuscar y encuentra todo aquello que cambiaría con tal de ser otro.

—También me gustaría ser más alto, tener el pelo menos rizado, mejor, liso del todo, no tener granos, ser rubio también me gustaría.

—¿Te hubiera gustado tener un pene más grande?

—¿Cómo?

—Un pene más grande.

—Tampoco es que lo tenga tan pequeño.

—Yo no he dicho que lo tengas pequeño, sólo pregunto si te gustaría tenerlo más grande.

—Bueno, un poco más grande no me importaría.

Qué pregunta. El cien por cien de los tíos de su clase le hubieran respondido lo mismo. Ramón no ha conocido a ninguna otra psicóloga, pero desde luego la suya sólo lleva las cosas a ese terreno.

—¿Te cuesta hablar de ello, Ramón?

—Un poco, la verdad.

—¿Nunca has hablado de esto con nadie?

—¿De mi po... pene? No, con nadie, con nadie, nunca. También será que no ha salido el tema.

—¿Te hubiera gustado que tu padre viviera, Ramón?

Tampoco sabe qué responder a eso. Su padre es una foto en el cuarto de la tele, el hombre sonriente vestido de maquinista, con un pie subido a las escalerillas de la máquina del tren y el otro en el aire, agarrado al asa de la puerta, con el mismo orgullo, la misma pose, del jinete que tiene al caballo sujeto por la brida, mandando sobre la máquina como sobre un ser vivo, orgulloso, pulcro, con esa belleza antigua que dan los uniformes en las fotos en blanco y negro. Una foto mil veces mirada de niño, ahora casi nunca, la foto del hombre que tuvo el infarto dos años después de que él naciera y que dejó a su madre suspirando por los pasillos. ¿Se puede echar de menos lo que nunca se ha conocido? Tal vez lo que le resultaba más incómodo era la sensación de dar pena, de dar pena a su madre, a las Eche, a su hermana, y ese silencio que seguía siempre a la palabra padre, y esa urgencia que les entraba a todas de pronto por llenarlo. ¿Le gustaría que su padre viviera? Alguna vez había soñado con que él se presentaba, regresado de la muerte, y se quedaba mirándolo en silencio mientras Ramón dormía. Ramón dormía pero sabía que su padre le estaba mirando. Cosas de los sueños. Luego despertaba y el hombre vestido de maquinista, con la sonrisa del maquinista, le preguntaba:

—¿Sabes dónde está mi hijo?

—Yo soy tu hijo.

—Dios mío, cómo pasa el tiempo. ¿Cuántos años tienes?

—Quince.

—¡Quince años, qué barbaridad! —decía el maquinista pasándose la mano por la frente.

El sueño casi siempre empezaba así. Al principio Ramón sentía cierta alegría, pero luego el sueño se iba echando a perder: el padre ya no tenía dónde dormir porque la cama de matrimonio se había vendido hace ya muchos años, Ramón no sabía cómo explicar a sus amigos de dónde había salido aquel hombre vestido de maquinista. Otro día soñó que lo llevaba a la Estación de Atocha para reincorporarse al trabajo.

—Papá, ¡el tren de alta velocidad!

Y el padre perdía la sonrisa, y decía angustiado: ¡Yo no sé llevar esto!

No encontraban la máquina de la foto. El padre regresado acababa siempre creando problemas: domésticos, laborales, familiares...

—¿Y por qué no quieres ser ferroviario como yo?

—No me gusta, quiero ser técnico en informática.

—¿Informática? Qué bobada, eso no tiene futuro. Nunca debí faltar tanto tiempo de mi casa.

—Ramón, he visto a tu madre en la cocina, qué vieja que está, ya no me gusta.
—Es que por las mañanas se arregla poco.
—No me gusta, qué vieja que se ha vuelto.
—Pero, papá, es que tiene sesenta años.
—Nunca me han gustado las mujeres tan viejas. Menos mal que estoy muerto, no me gustaría tener que acostarme con esa señora.

—Ramón, ¿tu hermana no tiene novio?
—Creo que tuvo uno hace tiempo, pero la dejó.
—No me extraña, cuando no está trabajando está metida en casa, como una vieja, como la vieja de tu madre.

—Ramón, tenía que haber vuelto mucho antes, cuando un muerto tarda en regresar más de diez años ya nadie quiere hacerle un sitio en esta vida. Me tengo que ir, si me quedo, no haría más que estorbaros.
—No digas eso, papá. Esta será siempre tu casa. Mira tu foto, nadie la ha quitado de encima de la tele, y en Navidades le ponemos una cinta de espumillón al marco.
—Las fotos no molestan. Ahí es donde estamos mejor los muertos: en las fotos.
Ramón abría los ojos, recorría con la mirada el desorden de su cuarto iluminado por la luz de la farola que

19

se colaba entre las rendijas de la persiana, y pensaba que su padre tenía razón: no hay mejor refugio para los muertos que los marcos de las fotos. En la foto del salón, ahora a oscuras y en silencio, su padre seguía haciendo equilibrios sin perder la sonrisa. ¿Lo echaba de menos?

—No, no me gustaría que viviera. Se murió cuando yo tenía dos años, es como si no lo hubiera conocido nunca.

La psicóloga metía los apuntes en un compartimento de su carpeta. En el compartimento Ramón Fortuna. Los otros apartados estarían dedicados a otros tíos más locos que él, porque Ramón, a juicio del propio Ramón, no estaba loco. Los primeros días se preguntaba por qué la psicóloga decidía dejar la conversación en un punto y no en otro. Luego cayó en la cuenta de que sólo era una cuestión de tiempo, estaba con él una hora, ni más ni menos. Encontró ese detalle un poco frío, ninguna persona deja a otra colgada en el momento en que se está hablando de la muerte de su padre. Sobre todo allí, en el centro de menores, donde las miradas de curiosidad de sus compañeros le hacían sentirse terriblemente solo, así que pasaba el resto de la tarde dejando que esas conversaciones interrumpidas le invadieran por completo el pensamiento, provocándole una angustia tremenda en el estómago que no le dejaba dormir hasta las dos o las tres de la madrugada.

Dos

Ahora sonríe al recordar a aquel que fue, el chico asustado que aguantó las ganas de llorar en la primera visita que le hizo el abogado.

—No me cabe en la cabeza qué puede pasar para que un chico como tú, al que todo el mundo describe como apacible, tranquilo, considerado, mate en una misma tarde a dos personas y un perro, y deje a punto de morir a otras dos.

A Ramón sólo de pensar en Kevin, el perro de las Eche, se le hacía un nudo en la garganta. Ahí sí que se consideraba un canalla. Muchas veces había sentido el impulso de tirarlo por las escaleras, pero nunca lo hubiera hecho en circunstancias normales. Intentaba consolarse pensando que el perro se lo estaba buscando desde hacía tiempo. Tres veces se le había tirado al tobillo. Las Eche decían aquello de: «Son celos entre los dos machotes de la casa». Ramón le pedía perdón a la Eche-viva cada vez que esta venía a visitarlo, y sólo conseguía que la Eche-viva arrugara la cara y empezara a derramar lágrimas y mocos silenciosos por la muerte del Kevin y de su hermana. De su hermana, el amigo Fortuna no hacía ningún comentario, no por falta de pena, sino porque ese cadáver no estaba sobre sus espaldas.

21

Bueno, por suerte, la larga polémica sobre si este muerto era suyo o no era suyo se había dado por zanjada. Al menos en el centro: todos los internos habían optado por creerse que Fortuna era un asesino. No sería esa la palabra, más bien lo tomaban por un venao, alguien a primera vista pacífico que puede trastornarse y matar a su amigo del alma. Eso no le causaba mayores problemas, al contrario, hasta los más chulos, como el Chino, que estaba allí por haberse llevado a dos chicas a Portugal en un coche robado, hasta el Chino le dejaba pasar delante cuando hacían cola en el comedor. Nadie se metía con él. Perico, el de la biblioteca, le fotocopiaba los recortes en los que el nombre de Ramón Fortuna salía a relucir. Se había dado cuenta de que hay veces en que los demás se quedan mucho más tranquilos si uno decide declararse culpable, así que para qué. Y ahora, un mes y medio después, con la mente libre de dudas, Ramón disfrutaba de su nueva personalidad como disfruta el actor viéndose realizar en la pantalla hazañas imposibles.

De la misma manera que el abogado Marcelo Román saboreaba su recién estrenada notoriedad, cuando al llegar a casa corría como loco a poner el vídeo donde su mujer le había grabado las intervenciones televisivas en las que él aparecía, ecuánime y experto en violencia juvenil, sintiéndose el eje y el dueño del caso Fortuna, el caso de las dos últimas semanas en programas locales, el suceso que animaba a diario las tertulias radiofónicas, los programas de sucesos y alguna columna del periódico. También había un antes y un después en la vida de Marcelo. Había cruzado ese difícil puente de la popularidad, ahora estaba en la otra orilla, de ser invisible había pasado a ser voz autorizada. La primera señal se la había dado el portero:

—Marcelo, ¿piensa usted que debo pasar a mi chico a un colegio privado, que parece que están más recogidos?

La segunda, el del puesto de periódicos:

—Don Marcelo, le escuché ayer en el programa de Iñaki, y esta mañana he devuelto todas las películas violentas al almacén. Que pierdo dinero, que le den por culo al dinero, pero por mi parte que no quede.

Y la tercera señal ya fue plural, de la humanidad entera pidiéndole consejo, o saciando su curiosidad con preguntas sobre el chico. Al chico, que no era tonto pero sí un inocente, Marcelo lo estaba haciendo un hombre, y a estas alturas ya era algo más que su abogado, era su padre espiritual, ese padre que el chaval estaba pidiendo a gritos desde que nació.

El abogado se acuerda del día en que se presentó por primera vez en el centro de menores. Como no había visto todavía al muchacho más que por una foto muy confusa del periódico, esperaba encontrarse frente a frente con uno de esos macarras de ojos achinados con los que uno no podía cruzar la mirada sin sentirse algo intimidado. Un monitor le acompañó hasta una especie de sala de espera y allí le dejó, pasó diez minutos esperando, otros tantos minutos observando todos los carteles en los que el Ministerio de Asuntos Sociales prevenía contra la droga, la xenofobia, el sida, la violencia, o aconsejaba el uso del preservativo, o el respeto a las normas de tráfico, a las minorías, a la vida humana. «Todo esto», pensaba Marcelo Román, «se lo ha pasado Ramón Fortuna por el forro...».

—Por favor, ¿usted sabría decirme a qué hora suelen llegar los abogados? —le preguntó el adolescente que estaba sentado junto a él.

Nunca hubiera sospechado el abogado que aquel chico de mirada noble, pulcramente vestido, con una camiseta de Médicos sin Fronteras y unos vaqueros, era su joven asesino. Tanto es así que si no llega a ser porque le había hecho aquella pregunta hubieran seguido sentados los dos en aquellas sillas de plástico, compartiendo el sonido de sus respiraciones, sin hablarse, como quien está en la sala de espera del médico de la Seguridad Social.

—Yo soy el abogado. ¿No serás tú Ramón Fortuna?

Dijo que sí con la cabeza, y alzó unos ojos tan llenos de desamparo que Román no entendió nada. O aquel chaval era un cínico o tenía una enfermedad mental. Se sentaron.

—¿Quieres un cigarro?

—Aquí no se puede fumar —dijo Ramón, señalando uno de los carteles en los que aparecía un chico sonriente, con un cigarro en la mano, y una frase debajo que decía: *No te fíes de las apariencias: por fuera es joven...*, y en una segunda parte del cartel, bajo la foto de unos pulmones grisáceos: *Pero por dentro está podrido. Apágalo antes de que sea demasiado tarde. Instituto de la Juventud.*

—Joder —dijo Marcelo, sentándose de espaldas al cartel—. Se cierra la puerta y en paz, no vamos a estar hablando aquí a palo seco dos horas. Toma.

—No, si es que yo no fumo.

Román se quedó mirando al chico, al buen chico, o al más perfecto mentiroso que había visto nunca.

24

—Vamos a ver, Ramón. Lo primero que le dijiste a la policía la noche que te detuvo es que tú habías matado a aquellas dos personas.

—Al perro, yo maté al perro.

—¿Y a las dos personas?

—También, pero sin mala intención.

El abogado soltó una risa que no venía a cuento y que se apagó en seco.

—No tiene gracia —Ramón se quedó mirando al suelo y por un gesto que hizo al llevarse la mano a la cara, el abogado pensó que estaba llorando.

—Pues depende de cómo se mire. No tiene ninguna gracia que hayan muerto dos personas, pero es bastante cómico que el asesino diga que lo hizo sin querer.

—El «presunto», sólo soy presunto.

—El «presunto».

—Es que es la verdad, lo hice sin querer.

—Ya veremos cuál es la verdad, no te adelantes. Ahora me vas a contar todo lo que hiciste aquella tarde.

—¿Desde qué hora?

—Pues desde... —aquel chaval le estaba poniendo atacado—, desde la hora de comer, por ejemplo.

—Comimos en casa de las Eche, como todos los 12 de octubre, porque una de las Eche se llama Pili. Luego, mi madre, mi hermana Gloria y Pili se arreglaron para irse al Excelsior, que ponían *Los puentes de Madison*. En parte se iban para celebrar el santo de Pili Eche y, en parte, porque yo me iba a llevar a mi amigo Valentín a casa y mi madre y mi hermana querían que estuviera a mis anchas con mi amigo, como casi nunca llevo a ninguno a...

—¿Por qué?

—Porque mi madre y mi hermana les empiezan a ofrecer bebida, les dan conversación, los tratan tan bien, que ellos se agobian y no vuelven. Además, mi madre me había regalado hacía poco *Asesinos natos*, y había quedado con Valentín en que iríamos a casa a verla.

—¿Cómo es que tu madre te regaló precisamente esa película?

—Bueno, ella no la eligió. El otro día le dieron tanto rollo en el programa de la tele al hecho de que tuviéramos puesta en el vídeo *Asesinos natos*, que han hecho que mi madre se sienta fatal por habérmela regalado. Han sacado en el periódico un artículo de qué películas van a regalarles los padres a los hijos por Navidad, y empiezan contando que mi madre me regaló *Asesinos natos*.

—¿Y a ti eso qué más te da?

—Bueno, alguna vez me gustaría salir y dar mi versión, defender a mi madre, contar que ella bajó al videoclub y le dijo al dueño: «Déme una bonita para mi chico», y él le preguntó: «¿Cuántos años tiene el chico?», y ella le dijo que quince y el dueño le dijo que para mi edad, ninguna como esta. Yo quería verla cuando mi madre no estuviera en casa, a mí no me gusta que mi madre vea esas películas tan violentas. Es muy impresionable, a veces parece que no distingue entre la realidad y el cine, y luego no se atreve a salir a la calle.

—¿Me vas a decir que mandaste a tu madre a ver *Los puentes de Madison* para que no sufriera y no para quitártela de encima?

Ramón se le quedó mirando sin comprender la razón de la agresividad que despertaba en su abogado. Por otra parte era normal: le estaba tomando por quien no era, y eso no podía reprochárselo en sus condiciones actuales a nadie.

—¿Usted ha visto *Los puentes de Madison*? —le preguntó Fortuna, como quien vuelve a plantear el juego desde el principio.

Román dijo que sí con rabia, haciendo notar que perdía el tiempo. Mala cosa esa de que el interrogado empiece a interrogar.

—¿Y no le parece más normal animar a una madre a que se vaya a ver esa de *Los puentes* que tenerla en casa a tu lado viendo *Asesinos natos*? La mandé a ver *Los puentes de Madison* porque a ella le va el cine romántico y creía que era adecuada para ella, y también para quitármela de encima, sí, porque ya le he dicho que se pone pesada con mis amigos.

—¿Y la otra vecina, por qué no fue?

—Milagros no fue para no dejar solo a Kevin, el perro. Es que desde que se murió Costner hace unos meses está deprimido y si se queda solo se mea y se caga en el sofá.

—¿Quién era Costner?

—El gato, estaban muy unidos. Así que las Eche se turnan. Se turnaban. Yo me fui donde había quedado con Valentín, en el banco del Cerro del Tío Pío donde nos encontramos siempre, y mi sorpresa fue que cuando llegué estaba dándose la paliza con una tía de segundo y me dijo que ella se venía con nosotros.

—¿Te sentó mal?

—Pues sí, claro, me imaginaba el plan, venían a seguir con el rollo a mi casa, y yo mientras a tragarme la película, como un gilipollas.

—¿Cómo te llevabas con Valentín?

—Pues bien, yo me llevo bien con todo el mundo.

—¿Sabes qué hago yo aquí, Ramón?

—Es un abogado.

—No soy un abogado, soy tu abogado, eso quiere decir ni más ni menos que te defenderé aunque seas culpable, eso quiere decir que me tienes que hablar claro. Yo soy el que va a decidir qué es lo que tienes que decir sobre lo que has hecho, pero es muy importante que a mí me cuentes las cosas como te las cuentas a ti mismo, ¿me entiendes?

La verdad, la verdad es que Ramón estaba un poco hasta los huevos de él, y así se lo contó a Marcelo, que Valentín era de esas personas que te utilizan para salirse con la suya, lo mismo para llevar a tu casa una tía, que para pedirte dinero, que para pedirte los apuntes cada dos por tres. Se sentía continuamente manipulado por él, pero vamos, de ahí a matarlo... Aunque era un plasta le tenía bastante aprecio. Eran muchos años aguantándolo. Y hay muchas formas de quitarse a un amigo de en medio antes que pegarle un tajo en el cuello.

Cada vez que alguna de las muertes aparecía en el relato de Ramón Fortuna, a este le asomaba una sombra en la mirada, y era tan auténtico el chico en la expresión de su pena, que Marcelo tenía que sobreponerse para no ponerle una mano cálida sobre el hombro.

Ahora, gracias a la ayuda de la psicóloga, está diluyéndose el tremendo remordimiento que tenía por ser tan patoso, no por asesino, sino por torpe.

—¿Usted piensa que yo hice todo lo que dicen?

—Yo no estoy aquí para juzgarte, Ramón —le dice la psicóloga.

—Ya lo sé, ¿pero usted me cree a mí? Sólo quiero saber eso.

—¿Y por qué no voy a creerte? —le responde ella con una sonrisa.

A Ramón le parece una de esas sonrisas que dirigían las enfermeras de las películas a aquel que iba a ser encerrado en un manicomio sin estar loco. Porque por más que él sepa la verdad de lo que ocurrió aquella tarde, a quién le importa, la policía investiga, el abogado pregunta, y la psicóloga indaga en su vida, como si algún día, a lo tonto, el día menos pensado, fuera a escapársele a él el motivo que lo impulsó a actuar tan cruelmente.

Marcelo le ha repetido muchas veces que no le conviene leer artículos de prensa en los que aparezca su nombre, pero al cabo de un mes, Ramón tiene el cuarto lleno de recortes colgados con chinchetas. Hay de todo. Hasta un escritor muy conocido, bastante importante, le dijo Perico, había escrito todo un articulazo dedicado al tema que se titulaba: «Los imitadores de la violencia». A él le había gustado bastante, hablaba de cómo la violencia de las películas puede influir en la juventud, de que si los gángsters de la mafia habían imitado la forma de vestir y de hablar de los gángsters del cine, por qué había que negar ahora que las escenas de crueldad sin límite y de *gore* y todo ese rollo llevaban a los jóvenes a encontrar atractivo el crimen y la tortura. A Ramón le había gustado sinceramente, le había parecido un artículo muy bueno, sólo que él nunca había llegado a ver la película que le compró su madre. Y no la vería ya, eso seguro, porque la policía la había retirado de su propia casa, del videoclub de abajo, y es más, la OCU estaba pidiendo a no sé qué ministro que la retirara de la circulación. Él lo sentía, no tenía la culpa de que las cosas se hubieran liado de tal manera que al final todas esas mentiras le hubieran arrollado como una ola gigantesca. Ramón le dijo a Marcelo que quería mandarle una carta al escritor, dándole las gracias y la enhorabuena por el artículo, pero diciéndole que él no pudo ver la dichosa película. Pero Marcelo le gritó:

—Tú no tienes que contestar a nadie. En ese artículo, de alguna forma, te están defendiendo. El tío dice que eres una víctima de la cultura de la violencia. Casi nos conviene más esa teoría que convencer al juez y la gente de que eres inocente, chico.

Tres

Pero si hablamos de aquel día, de aquel primer día en que Marcelo escuchó por vez primera la historia de la boca del muchacho, cuando la cosa era tan confusa que sólo se acertaba en el número de muertos y de supervivientes, y en aquel presunto del que sólo habían aparecido las iniciales en el periódico, RFM, de quince años, madrileño de Vallecas, que por no se sabe qué extrañas razones acabó con la vida de dos personas y un perro en la misma finca en la que vivía con su madre y su hermana, que dejó malherido a su mejor amigo y también a una chica; si hablamos de aquel día en que Marcelo Román se acercó hasta el centro de menores donde se había internado al chico, más por protegerlo que por cualquier otra cosa, por quitarle de en medio de periodistas y de curiosos, porque así lo dispuso el fiscal de acuerdo con su madre, que decía mi hijo, mi pobre hijo, que se sentía más culpable que él incluso, y que le preguntó al fiscal si le podía llevar comida al reformatorio. «Ya no existen los reformatorios, señora, llévele usted comida si quiere, pero el chaval va a comer estupendamente, y va a descansar, y va a pensar, y le ayudaremos a encontrar una solución.» Si hablamos de aquel día, exactamente el 22 de octubre, diez días después de que ocurrieran los hechos, ocho días después de que RFM entrara en el centro, dejara su mochila en una habitación con dos camas, saludara con un gesto de la cabeza al chaval con el que iba a compartir el cuarto. Si hablamos de aquel 22 de octubre en que Marcelo y Ramón se montaran en la misma barca, entonces sabremos cuál fue la primera versión del chico, la primera vez que consiguió un relato ordenado, porque con el fiscal no lo había conseguido. Para empezar no le entraba en la cabeza eso de que un fiscal podía estar de su parte y no en su contra, y se había puesto tan nervioso, que el fiscal le había dejado en manos de la psicóloga. Diez días habían pasado. Allí no había rejas, ni había guardias, ni su compañero de cuarto lo había amenazado con una navaja en el cuello. La palabra abogado defensor después de todo era reconfortante y Ramón Fortuna tragó saliva y recordó aquella tarde:

Si olvida las muertes, le vuelve intacto el sentimiento de rabia y de pura envidia que le fue invadiendo, aumentando, en el camino que hicieron los tres, Valentín, la de segundo y él, hacia su casa. Bajaban por la Avenida de la Albufera. Sorteando a la gente que entraba y salía del cine Excelsior, entre los que debían de estar Gloria, su madre y la Eche. Fortuna hundió la cabeza en el cuello de la cazadora, como en un intento infantil de no ser reconocido por nadie. Andaba un poco detrás de sus amigos, a dos pasos de ellos, humillado y ofendido, mirando de medio lado y torvamente cómo Valentín, sin cortarse y a los ojos de la gente, le tocaba las tetas a la de segundo, mientras ella no hacía más que reírse estúpidamente, cubriéndose con la mano ahora una teta y ahora la otra, según atacaban las manos de su amigo. Ramón no sabía si sentía vergüenza ajena por el numerito que estaban montando o sentía vergüenza propia por ir de vela, de mirón, de primo.

Cuando llegaron a casa, la de segundo se quitó la cazadora, y dejó ver una camiseta de la que se le escapaban la tetas, literal. En la camiseta se leía: *Fuck you.*

—Jodé, qué chula, Jessi, ¿dónde te las has comprado?

—No me la he comprado, las hemos hecho en el Instituto, para sacar dinero para el viaje. Mira, si estoy de malas, te enseño la parte de delante: *Fuck you;* y si me pongo cariñosa, te enseño la parte de atrás.

Jessi se dio la vuelta. En la espalda llevaba escrito: *Fuck me.* A los dos les entró la risa floja. Ramón intentó seguirles en la broma, pero cada vez se sentía peor.

Pensó: «Qué mal que lo voy a pasar», y se marchó a la cocina a por unas cervezas. Desde allí, oía a Valentín exprimir el Tema Camiseta hasta dejarlo seco.

—¿Y por qué has elegido la parte de atrás para el *fuck me*?

—Porque me ha salido... —Jessi no podía contestarle de la risa— me ha salido del culo.

—Pues para mí el *fuck me*, y a Mamón el *fuck you*.

—No te metas con Ramón, tío, que todavía nos echa y en la calle hace un frío que te cagas.

Cuando volvió, Jessi se había desparramado por el sofá, y sin cortarse ni un pelo, se había quitado las deportivas, que tenían un pedazo de plataforma de lo menos diez centímetros, y las había dejado caer delante del sofá como si fueran dos bombas, catapom catapom. «Hubo un tiempo en que a las chicas no les olían los pies. Pasó.» Eso pensó Fortuna, mientras las sacaba al balcón, y se acordaba de cuando su madre le hacía sacar a él los zapatos para los Reyes Magos, con lo menos trece añacos, unos zapatos casi tan grandes como los de aquella pedorra de segundo que no sólo había venido a darse el lote con su amigo, sino que luego, el lunes, contaría a todas las pedorras que estudiaban con ella peluquería que se había comido el pico con Valentín en la casa de Mamón Fortuna y para colmo con Mamón mirándolos de reojo. Quitó el jersey que el amigo Valentín había puesto encima de la lámpara para atenuar la luz y lo tiró encima del sofá.

—Prefiero que apagues la luz a que provoques un incendio.

Valentín cogió al vuelo la idea lanzada por Ramón y apagó la luz, se acurrucó en el sofá con su amada y se puso el botellín entre las piernas.

—Cuando quieras cerveza, aquí tengo el botellín.

A Jessi esto le hizo también mucha, mucha gracia. A Jessi le hacía gracia todo.

—Ramón, sácate algo de comer, tío, que tengo un hambre que me cago —Valentín le dijo esto dándole una palmadita en la pierna, como para suavizar la orden—. Si estuvieran aquí la madre y la hermana de este ya nos habían sacado unas cortecitas, unos panchitos, unos canapés... No sabes lo enrollá que es la madre de este, nada que ver con él. Demasiao enrollá es, acabas de panchitos y de cortezas que te pasas luego tres días eructando. Demasiao enrollá...

34

—Cállate, Valentín.

—Bueno, bueno, tío, qué poco sentido del humor. No te enfades que Jessi te dice *fuck you*, te dice que te *fuck you...*

—Le digo, le digo —Jessi anunciaba con su risa que iba a decir algo muy gracioso— que te *fuck you* un pez, que la tiene más fría.

Mientras iba para la cocina, Ramón reflexionó: «Sin más remedio tengo que cambiar mi círculo de amigos». Nueve años aguantando a Valentín. Valentín Fernández. Esa F de Fernández, se había unido a la F de Fortuna, y estuvieron juntos desde el primer día que pisaron un colegio. Y siempre lo mismo: Valentín el listo, Ramón el tonto. Ramón había pensado que al acabar el colegio la vida los separaría, pero no, Valentín se había apuntado, o mejor dicho, lo había apuntado su madre, al mismo módulo que a Ramón, para que hiciera algo. Ramón se encontró con Valentín en la misma banca. «Jodé, Ramón, acabarán enterrándonos en una fosa común. Para ti y para mí. Tú y yo allí solos, bajo tierra.» Ramón sabía que lo que más necesitan los listillos es a los tontos. Valentín no podía pasar la vida sin ese espectador perplejo que era Fortuna. «Somos uña y carne, Fortu.»

Volvió al salón con una latita de berberechos y una bolsa de pan bimbo para mojar el caldillo. Y que se dieran con un canto en los dientes. Al principio no vio nada porque la habitación sólo estaba iluminada por la luz de la farola, pero poco a poco fue distinguiendo a los dos amantes metiéndose mano, besándose, todo eso acompañado por el ronroneo grave de Valentín, un sonido gutural un poco exagerado, que Ramón atribuyó al habitual exhibicionismo de su amigo, una forma de decirle: «Mira cómo me lo estoy pasando».

Así que puso la película, por lo menos, para que hubiera un poco más de luz y abrir la lata, y cuando estaba a punto de dar el tirón de la argolla metálica, un tío, desde la calle, se pone como un bestia a tocar el claxon porque le había dejado encerrado otro coche. Ramón saltó del asiento y salió al balcón. Había salido también un gordo de un balcón de enfrente, que se pasaba la vida en camiseta, fuera invierno o verano, él siempre en camiseta, y dirigiendo el mundo a gritos desde su atalaya. Cualquier cosa que pasara en la calle, que había partido, que ganaba el Rayo, que perdía, que había una pelea, o un atasco, o una cabalgata o que había luna llena. Allí estaba el gordo, en camiseta y fumando. Y esta vez, no podía ser menos.

—¡Por favor! —gritó Fortuna—, ¿puede usted tocar un poco menos?

—¡Que un poco menos —gritó el gordo—, que se meta el pito en el culo, eso es lo que tiene que hacer!

Y Ramón se sentó de nuevo pensando que sí, que el gordo tenía razón, que era ridículo asomarse a un balcón para soltar un grito con tanta educación. Era incongruente. Igual que era incongruente ceder su casa para que otros lo pasaran de vicio, mientras él intentaba concentrarse en una película de la que de momento había perdido el principio. Con la rabia que le daba a él coger las películas empezadas. La verdad es que la amiga de Valentín estaba mucho más buena que la actriz, que iba como con el pelo sucio y tenía cara de mal huele todo el tiempo. Claro que en sus condiciones, mejor que no pensara mucho en tías.

—¿Abres la lata o no la abres?

Así era Valentín. No renunciaba a nada. Tetas y berberechos. Volvió a meter el dedo en el agujerillo de la argolla, pero debía de estar ya tan nervioso que la lata se le cayó al suelo.

—Jodé, Mamón, mira que eres manta.

—Ahora no veo dónde está —lo único que le faltaba: a cuatro patas, tanteando el suelo en la oscuridad, buscando una lata de berberechos—. Joder, dar la luz ya de una vez.

—Qué mal genio —dijo Jessi, se levantó y encendió la lamparilla.

La lata se había colado debajo del sofá. Ramón tuvo que tumbarse para que la mano pudiera alcanzarla.

—¿Este de la foto quién es, Ramón? —Jessi nunca se enfadaba del todo.

—Es mi padre.

—Pues qué antiguo. ¿Y ahora cómo es de viejo tu viejo?

—Ahora no es, porque se murió.

—Bueno, hijo, yo no tengo la culpa de que se haya muerto.

A Mamón le hervía la sangre, la mano rozaba la lata pero no podía cogerla, así que viendo que Valentín sonriendo se echaba al suelo para alcanzarla por el otro lado del sofá, se puso frenético y forzó todavía más el brazo. Notó que el hombro le crujía de una forma muy desagradable. Las dos manos se encontraron debajo del sofá y la lata salió ahora disparada para fuera.

—Sois como críos —dijo Jessi—. Habéis empezado jugando y acabaréis llorando.

Forcejearon un poco tirando cada uno absurdamente de un lado de la lata, hasta que por fin Ramón se impuso:

—La abro yo porque estoy en mi casa.

—Vale, vale. Toma tu lata, pero si se te cae otra vez yo ya no me agacho.

Jessi se había vuelto a tumbar en el sofá y con un «paso de vosotros», se había puesto a ver la película. Ramón, mosqueado de estar mosqueado por un asunto tan ridículo, puso la lata encima de la mesa. Valentín se acercó a observar la operación, y seguramente a ponerle más nervioso. Miraba a su amigo con suficiencia, deseando que los berberechos fueran a parar al suelo. Los dos con las cabezas inclinadas sobre la mesa, concentrados en la lata, y Ramón supo que o la abría de un tirón o echaba a aquel imbécil y a su novia a la puta calle. No sabía qué relación había entre esas dos posibilidades, pero lo tenía muy claro.

Dio un solo tirón, con ese exceso de fuerza que suelen poner los torpes en las cosas pequeñas, y la mano se le fue hacia un lado con la tapa enganchada al dedo por la argolla, como si fuera la mano de otro, como si actuara por su cuenta, y tal fue la velocidad y la energía que hubo en aquel gesto incontrolable, que por el camino se encontró con el cuello de Valentín, que seguía agachado y sonriendo, y fue a hacerle un corte limpio, profundo, magistral. Valentín se echó la mano a la herida y sólo acertó a decir:

—Jodé, tío, te has pasao.

Se habían quedado de pronto los dos hipnotizados, mirando cómo caía la sangre en la lata abierta de berberechos.

—Pero, mira... —dijo Valentín en un susurro, tocando con la mano la sangre que iba cayendo a la mesa—. Me voy a desangrar por tu culpa, cabrón, me voy a desangrar.

Y era verdad, los dos observaban la mancha roja que iba cubriendo la mesa como quien mira un mantel, hasta que el golpe que se dio Valentín contra el suelo sacó a Ramón de su aturdimiento y a Valentín lo sumergió ya definitivamente en el suyo.

Ramón quiso quitarse la argolla del dedo índice, pero las manos le temblaban y no sabía o no podía, así que la tapa siguió ahí, en su mano, como un anillo del que uno no puede desprenderse, como el criminal al que se le queda pegado el cuchillo a la palma de la mano. Decidió que ya se lo sacaría en otro momento.

Después iba a hacer algo, no se acuerda qué, pero algo práctico, puede que a llamar por teléfono al SAMUR, sí, seguramente sería eso porque el camino que tomó fue hacia el sofá, a la mesita donde estaba el teléfono y donde su madre tenía apuntados todos los teléfonos relacionados con grandes catástrofes: bomberos, policía, ambulancias. Sí, a eso iba, pero Jessi, que se había levantado del sofá y estaba con la boca abierta y temblando ligeramente, viendo que él se acercaba hacia ella con la mano y el arma homicida llenas de sangre, con una cara de susto que ella confundió con la cara de un perturbado, se puso histérica y empezó a gritar y a llamarle asesino:

—¡Por una jodida lata de berberechos!

Sin saber muy bien por qué Ramón repitió mentalmente: «Por una jodida lata de berberechos». Tal vez es que llevaban varios minutos sin decir nada y el silencio intensificaba los diálogos de los personajes de la película que habían repetido al menos quince veces la palabra jodida, «quita tu jodido culo», «¿sabes alguna jodida manera de salir de aquí?», «eres una jodida embustera y te vas a tragar tu jodida lengua»... Ramón lo decía ahora en voz baja y Jessi lo gritaba: «Por una jodida lata de berberechos».

Dios mío, Dios mío, pensó Ramón Fortuna, y después iba a pensar: «Cómo ha empezado todo este lío». No le dio tiempo. La chica se asomó como loca al balcón y se puso a chillar. Detrás fue Ramón para calmarla pero al ponerle una mano en la espalda, ella se echó para delante pidiendo socorro. Medio cuerpo se le quedó fuera. Ramón tuvo reflejos para agarrarle las piernas, pero la chica pataleaba de tal manera que parecía que quería huir hacia delante, hacia el vacío con tal de que él no la tocara. El medio cuerpo que Jessi tenía en el aire pesaba más que el que todavía estaba en el balcón. Si hubiera llevado puestos los zapatones es posible que le hubieran hecho contrapeso con las tetas. Estas cosas se piensan cuando a uno se le están acabando las fuerzas para sujetar a una tía histérica que cree que quieres rajarla a ella también con la tapa de los berberechos. La tapa, la tapa le estaba cortando a él ahora la mano, se dio cuenta de que parte de la sangre que caía ahora por el puño de su camisa era suya. «Por favor, estáte quieta, por favor».

A Ramón se le estaba haciendo más que imposible sujetarla. Milagros, la Eche muerta, se asomó al balcón de abajo. El hombre que tocaba el claxon miraba ahora para arriba sin hacer ni decir nada y el gordo de la camiseta empezó a gritar que se iba a poner la camisa y que iba a ir él personalmente a darle dos hostias al cobarde ese, hijo puta, suéltala, que voy y te mato.

—¡Ramón, Ramón! —gritaba la Eche desde abajo—, ¿pero qué pasa, hijo? ¡Ramón, por Dios, suéltala! ¿Pero qué es lo que te pasa? Si tú no eres así. Algo le pasa, algo le pasa...

La soltó. La soltó por falta de fuerzas, por tantas voces que le gritaban y no le entendían. No entendían que era ella la que tiraba para afuera. No entendían que él la sujetaba para evitar que se estrellara contra el suelo. La soltó porque se estaba cortando la mano, joder. La soltó, eso no lo dirá nunca, porque estaba hasta las narices de hacer un esfuerzo que todo el mundo entendía en sentido contrario.

La chica cayó, cayó a cámara lenta. No es una forma de hablar. Primero cayó sobre la espalda de la Eche. Sólo se oyó un grito, como una especie de tos seca y tremenda, algo parecido al sonido que hacía una muñeca antigua de su hermana cuando se caía al suelo. La cabeza de la Eche se quedó completamente doblada sobre el pecho. La chica se aferró a la chaqueta de la moribunda o la muerta y miró hacia el balcón de arriba. Les dio tiempo a mirarse un momento, o más de un momento, el tiempo en que tardó en desprenderse la rebeca del cuerpo de la pobre Milagros y la chica se quedó sin nada a lo que agarrarse y fue a parar ya al suelo, con el mismo ruido tremendo de un fardo de arena, a los pies del hombre del coche, que había dado un salto ridículo hacia atrás, como para no mancharse.

Ahora Ramón no pensó en llamar a nadie. En realidad, se sintió absurdamente aliviado. La chica ya se había caído y él podía quitarse tranquilamente la tapa de la mano. Eso es lo que sintió. La psicóloga habla de una enajenación mental comprensible dada la situación en la que se encontraba, pero él no hubiera sabido ponerle nombre a esa falta de sentimientos que le borraba los muertos y sólo le dejaba sentir el dolor físico. La tapa, la tapa que le cortaba la mano, eso era lo prioritario. ¿Dónde iba? Al váter, a lavársela, a intentar sacarse la argolla con jabón porque veía que el dedo se le había hinchado mucho. Pero algo le hizo resbalar, un líquido pegajoso y espeso. Perdió pie y se encontró tumbado, rodeado por la sangre de Valentín. Se dio la vuelta para levantarse y se encontró con la cara del amigo que tenía la mandíbula inferior descolgada. Cree que pegó un grito, aunque le pareció el grito de otro. Se levantó apoyándose en la mano que tenía libre, resbaló antes de conseguirlo dos o tres veces, y llegó al cuarto de baño. Abrió el grifo del agua caliente y puso debajo la mano, que le temblaba incontroladamente. No había un corte, había muchos. La sangre desaparecía con el agua y volvía a aparecer inundando toda la mano. Le escocía mucho. Frotó el jabón contra el dedo y notó que el escozor aumentaba hasta casi no poderlo soportar. Tiró hasta que pudo deshacerse de aquel anillo criminal. Hasta ese momento sus ojos no se habían encontrado con los del Ramón que había en el espejo. Fue al sentirse más aliviado cuando se encontró instintivamente, como hacía todas las mañanas, con el joven que era. Estaba completamente manchado de sangre. La cara, la camisa, incluso el pelo se le había quedado pegado por un lado. Sintió miedo de sí mismo, o del otro en que se había convertido. Hacía tan sólo unas dos horas que había estado ante ese mismo espejo reventándose un grano, y afeitándose el bigote escaso y los cuatro pelos que tenía en la barbilla. Y ahora Valentín muerto, Jessi muerta, y la Eche... Rodeó la mano herida con una toalla, cogió las llaves de la Eche que estaban en la puerta de la entrada, y bajó de dos en dos las escaleras hasta el piso de abajo.

Tras la puerta de las Eche se oían los ladridos de Kevin, y sus pasos yendo del pasillo a la terraza, intuyendo seguramente que aquella inmovilidad de su ama no era normal. Tardó en acertar con la llave en el ojo de la cerradura porque ya sólo podía valerse con la mano izquierda. Cuando la puerta se abrió Kevin se tiró a él coo loco, primero ladrándole incontroladamente, y cuando intentó entrar en la casa enseñándole los dientes en señal de ataque. Ramón lo apartó dándole una patada, y fue corriendo hasta la terraza. Milagros seguía ahí, de pie, con el cuerpo echado sobre la barandilla, y la cabeza hincada sobre el pecho, como hacen los pájaros para dormir. Se acercó mucho a su cabeza, a donde él suponía que la mujer tendría el oído, y le susurró, casi con la voz de un niño:

—Mila, no me digas que te has muerto, Mila. Qué le digo a tu hermana cuando vuelva. ¿Por qué te tuviste que asomar, no veías que se estaba cayendo? Eche, ha sido ella la que ha tenido la culpa, yo la estaba sujetando. Eche... dime algo...

Quiso levantar la cabeza de Milagros, y el ruido a hueso tronchado le hizo soltarla inmediatamente. La cabeza volvió a esconderse en el pecho, como si fuera la de un muñeco. Kevin no podía soportar que el muchacho estuviera toqueteando a su ama, y ahora gruñía, gruñía y ladraba furiosamente.

—Joder, cállate, cállate, asqueroso, perro de mierda.

Ramón salió a la escalera y se sentó en un escalón. ¿Subía y veía al muerto del tercero, se quedaba con la muerta del segundo o bajaba para encontrarse con la muerta del portal? ¿Iba a esperar a su madre a la puerta del cine con la camisa llena de sangre y la toalla enrollada en la mano? ¿Llamaba a la policía y decía: «Yo lo puedo explicar todo»? ¿Por qué muerto empezaba? Y ahí estaba el perro, en las mismas, qué coño le pasaba a ese perro.

—¿A ti qué te pasa, perro, que me vas a volver loco, perro, que me vuelves loco, perro?

La sorda del quinto abrió su puerta y gritó:

—¿Es que pasa algo?

—¡No, no pasa nada, nada! —el perro le siguió ladrando cada vez más amenazante y Ramón no pudo más—. Pasa que te voy a mandar a tomar por culo, perro.

Lo tiró por el hueco de la escalera. Se empezó a reír de una forma nerviosa. Bajó las escaleras de dos en dos, riéndose. La psicóloga lo explica: la acumulación de desastres, el miedo a no saber cómo responder ante ellos, el miedo a no saber explicar qué es lo que ha ocurrido, a no encontrar una justificación creíble lleva al individuo a refugiarse en un sentido del humor histérico, encontrando cómicas acciones que en cualquier otro momento le hubieran parecido crueles. Sí, es una manera también de estar enajenado, pero más bien se entiende como arma defensiva, es un freno a la desesperación total.

El sonido de su propia risa no le había dejado oír que alguien subía por las escaleras. El gordo de la camiseta y él se encontraron frente a frente en el descansillo del primero.

—A mí no me das miedo, hijo puta.

El gordo respiraba con mucha dificultad, más por la papada que se le juntaba con el pecho que por encontrarse frente a un asesino. El gordo no tenía miedo, porque el gordo era como tres veces el criminal. Además, el gordo conocía al criminal desde pequeño, y a la madre del criminal, y a la hermana del criminal. Y aunque ese tipo de gordos con camiseta nunca se fían del vecino de enfrente, el caso es que este gordo pensaba: «A este mocoso le doy yo dos hostias y me lo tengo sujeto del cogote hasta que llegue la policía». A Ramón se le cortó la risa en seco y sólo acertó a decir:

—No me ponga más nervioso, que ya estoy bastante nervioso. Déjeme que espere tranquilito en la calle a que venga mi madre.

—¿Tu madre? A tu madre la vas a matar tú de este disgusto. Tú esperas donde yo te diga, donde yo te diga te esperas tú.

Ramón sintió la mano del gordo como una zarpa que le agarraba el cuello.

—¡Suélteme, por favor, se lo pido!

—¿Que te suelte, a ti te voy a soltar, cacho cabrón? Si se veía venir, rodeado de mujeres como si fueras tonto: o salías maricón o salías asesino. Un padre que te hubiera dado en la cabeza, eso es lo que tú estabas pidiendo a gritos.

—¡Que me suelte!

La mano le presionaba ahora de tal manera que le estaba provocando un dolor insoportable.

—Así te voy a tener hasta que lleguen a trincarte, agarrao como un conejo.

Ramón no podía zafarse de aquella zarpa. Ni tan siquiera podía darse la vuelta para darle una patada en los huevos, así que se los agarró con la mano y apretó, apretó hasta hacerle gritar casi al borde del llanto.

—Que te crees tú que me voy a quedar yo sin huevos por tu culpa.

El gordo agarró de los pelos al chico y el chico siguió apretando los huevos del gordo, hasta que el gordo no pudo más y se dobló. Estaba doblado, en cuclillas, con la cara contraída. Parecía que estaba cagando. La escalera quedaba peligrosamente a sus espaldas, y el gordo estaba a cada momento a punto de caerse por ella porque el dolor le hacía inclinarse hacia delante y detrás en un ligero vaivén. Como un tentempié. Pero los tentempiés siempre consiguen incorporarse, en el caso de este gordo no fue así. En una de esas, cayó. De espaldas, más preocupado todavía por el dolor de huevos que por la muerte que lo estaba esperando en el filo de un escalón donde fue a parar su cabeza.

Es cierto que Ramón hubiera podido evitar esa caída, pero quién puede decir que hubiera reaccionado de una forma lógica y humana ante tal sucesión de desastres fatales. Además, también es lógico y humano no tenderle la mano a quien te ha estado tratando como a un asesino.

Después de esto no volvió a reírse. Siempre ha querido dejar claro que esa enajenación de la que tanto habla la psicóloga nunca lo convirtió en un monstruo, nunca sumó crueldad a lo que estaba sucediendo. Se podrían llamar arrebatos, torpeza, pero nunca crueldad. Se encontraba algo mareado por la presión a la que le había sometido el gordo hundiéndole las manos en los oídos. Aquel gordo había demostrado que estaba más loco que él, que llevaba toda la vida esperando la hora en que se vengaría de la humanidad, en que dejaría de dirigir el mundo desde el balcón y bajaría a la arena a jugarse la vida, a ajustar las cuentas con los seres humanos a los que detestaba, que eran todos, los que se divertían más de la cuenta, los del Rayo y los que no eran del Rayo, los jóvenes que se besaban contra su portal, los viejos que alguna vez también se besaban, los moros que vendían alfombras, los negros que no vendían nada, los gitanos que tocaban *Suspiros de España* los domingos por la mañana. Ese gordo necesitaba un planeta para él solo, y aquel sábado 12 de octubre creyó haber encontrado al fin la oportunidad para conquistarlo, pero se equivocó de día porque aquel sábado estaba visto que cualquier persona que se cruzara en el camino de Ramón Fortuna había de acabar con la cabeza abierta o con el cuello abierto, y porque hay veces que la providencia quita de en medio a gordos indeseables como ese, que llevan lo menos sesenta años dando por saco y que cuando se van al otro barrio no hay nadie que llore sinceramente por ellos.

Era una persona, sí, es verdad, cualquier muerte es horrible. Ramón lo sabe, pero también sabe que hay muertes más horribles que otras. Este no le dio mucha pena, le sobrecogió como sobrecogen los muertos, aunque en tardes como aquella parece que uno se acostumbra. De cualquier manera, bajó el tramo de escalones arrimándose mucho a la pared para no rozarse con aquel cuerpo gigantesco que casi ocupaba todo el tramo. No quiso verle la cara. Se tapó los ojos ligeramente, como cuando uno no quiere ver abiertamente una escena sangrienta en una película. En el portal se encontró el cuerpo de Kevin. No parecía tener ninguna herida pero ya no respiraba. Inexplicablemente, piensa, sintió una lástima muy grande. Lástima por haber matado a un perro que las Eche querían tanto, y porque aun siendo un perro histérico él sólo había querido defender su casa y a su ama muerta. Ahora se le veía muy pequeño, acostado de lado, como si estuviera dormido, aunque tenía los ojos ligeramente abiertos. Le pasó la mano por el lomo, reconciliándose con él, como había hecho tantas veces después de que lo recibiera en la puerta de las Eche con sus ladridos insoportables. Tuvo ganas de tomar en brazos al perrillo y llevarlo a los pies de su ama, pero el miedo le pudo, el miedo a encontrarse con las bocas abiertas de los muertos, el miedo a que de una de ellas salieran algunas palabras que se habían quedado en el pensamiento, de la misma forma que de las heridas sigue brotando la sangre, y le preguntaran: «Y yo, ¿por qué he muerto?».

Cuatro

Cuando salió del portal un grupo de seis o siete personas rodeaban el cuerpo de Jessi. Alguien decía: «No la mováis, no se la puede mover. Dicen que ya llega la ambulancia». Ramón echó a andar rápido, para que nadie reparara en él. Casi lo hubiera logrado de no ser porque el hombre del coche volvió la cabeza hacia la avenida y distinguió a un chaval que andaba deprisa con un trapo manchado de sangre en la mano.

—¡Eh, tú! ¿Dónde vas? ¡No corras porque te van a pillar!

Le daba igual. No quería quedarse y esperar. No hubiera sabido qué decir. No quería ver la cara de su madre, ni la de su hermana. No quería ver a Pili abrazando el cuerpo de su perro reventado, ni el de su hermana con el cuello tronchado hacia la calle.

Subió por la avenida. Hacía unas dos horas que había hecho ese mismo camino en sentido contrario. Una nueva ola de gente salía del cine Excelsior. Aquello había durado lo que duraba una película. Corrió frenéticamente. Probablemente a nadie le extrañó aquella carrera. Cuando un chico corre de esa manera o bien ha robado un bolso o bien pierde el autobús o ha tomado algo. Ninguna de las tres cosas son extrañas en el barrio. Cuando salió de la calle principal se paró un momento a respirar y empezó a andar más despacio. No huía de la policía, él no sabía cómo se huye de la policía, huía de sí mismo y de los muertos.

Subió una de las colinas del Parque de las Tetas. Muchas noches del verano pasado había ido con Valentín y con el gordo de Minnesota a tumbarse en lo alto para sentir lo que el gordo y él habían bautizado como «la soledad cósmica». Eso hizo: se tumbó y miró al cielo. Se acordó de una de las ilustraciones de *El principito* en la que el niño aparece solo, como único habitante de su pequeño planeta. La policía llegaría de un momento a otro porque el hombre había visto el camino por donde él se había marchado, y porque a la vuelta del cine su madre podría imaginar que Ramón no tenía valor de salir corriendo más allá del parque, de los límites que cercaban su mundo de todos los días. Las luces de Madrid, allá abajo, le enviaban destellos, también le llegaba el rumor lejano de los ruidos de la ciudad, pero todo resultaba mucho más hostil sin el abrigo envolvente y mágico de las noches de verano, y el ruido de los vecinos que tomaban copas hasta las tantas en el Mirador. Ahora, sólo frío, noche y soledad.

Cerró los ojos y pensó que no le importaría morirse. Pero al cabo de cinco minutos, la vida, su propia vida, seguía ahí, dándole señales impertinentes del paso del tiempo: el terrible escozor en la mano, los huesos doloridos, la tiritona. Empezó a sentir cierta impaciencia por ser detenido, por escuchar una voz humana y algo de calor. Pero ya se sabe que a veces la policía tarda en llegar.

SEGUNDA PARTE

Por fin, un amigo

Uno

Marcelo salió muy tarde del centro de menores, debían de ser las nueve de la noche, y condujo el coche por el parque que el chico llamaba «de las tetas». Bueno, al parecer así lo llamaba todo el mundo. Él recordaba aquello como un vertedero rodeado de descampados. Bajó del coche y subió una de las colinas. La curva perfecta de todas ellas se recortaba en el cielo, y a simple vista parecía muy sencillo llegar hasta arriba, pero el césped húmedo y mullido le obligó a subir despacio y con cuidado para no resbalarse. Tenía curiosidad por contemplar lo que se veía desde arriba. Y es verdad que era impresionante. Es verdad que aquello se parecía en algo a la soledad cósmica, si es que eso existe. Madrid se veía a lo lejos y a un nivel mucho más bajo, como si se viera desde un planeta diferente. Unos jadeos a su lado le hicieron volver a la realidad. Se dio cuenta de que a tan sólo unos pasos había una pareja echando un polvo.

—¡Venga, hombre, vete de aquí, tío! —escuchó que le gritaba una voz de un hombre joven.

Empezó a alejarse aturdido, pero le sonó en el bolsillo el teléfono móvil.

—¡Joder! —gritó la misma voz.

Bajó rápidamente la colina. Comprendía que un hombre solo, con gabardina, en un parque, y por la noche nunca ofrece una impresión de normalidad. El teléfono fue sonando durante todo el descenso.

—Marcelo, ¿cuándo vienes? —la voz de su mujer se oyó al otro lado, cansada, a punto de llorar.

—Dentro de un rato, ¿cómo está Jaime?

—Tiene treinta y ocho y medio, y no para de toser y de llorar. Pero ¿qué haces que aún no has vuelto?

—Es que he estado hablando con el chico, con el de Vallecas, y hasta que ha conseguido contármelo todo ha pasado mucho rato.

—¿Y ahora dónde estás?

—Pues por su barrio, dando una vuelta.

—¿Para qué?

—No sé, por mirar.

—Es que estoy desesperada. No sé qué hacer ya con Jaime.

El llanto ronco de un niño se colaba por el teléfono, y a Marcelo le produjo una honda sensación de culpabilidad. Sobre todo por no haberse acordado de él en toda la tarde, del pequeño Jaime con su atasco de mocos, de toses, con los ojos continuamente llorosos.

—Querría haber acabado mucho antes, pero este era un favor al que no podía decir que no, entiéndelo. Mira, cariño, me ha pedido el chaval que vaya un momento a hablar con su madre.

—Pero ¿no será ahora mismo?

—Es un momento, estaba muy nervioso, sólo quiere que vaya a tranquilizar a...

Su mujer le había cortado el teléfono. Pensó en regresar a casa, pero estaba a un paso de la casa del chico, no tardaría mucho, y de cualquier forma, fuera o no fuera ahora a hablar con la madre, el encuentro con su mujer no iba a resultar fácil esa noche.

En realidad era tan raro que él dedicara algún tiempo de su vida a las amistades de sus padres o a saldar cuentas con el pasado, que su mujer no estaba acostumbrada a que tuviera alguna obligación sentimental al margen de ella. La cosa es que él también era de aquel barrio, bueno, mejor sería decir que había sido, porque todo aquello le parecía de una vida anterior a la que no le apetecía demasiado acercarse. Nunca sintió ese sello del barrio que dicen tener algunos vallecanos, al contrario, desde muy joven se encontró ajeno y en cuanto pudo se marchó de allí, no sólo físicamente, sino también de la clase social en la que se había criado. Él había sido un hijo de ferroviario, como Ramón, y había crecido en Martínez de la Riva, en una especie de corrala de nuevo cuño en la que todos los vecinos sabían lo que se cocinaba en las casas de al lado, por el olor, por las paredes de papel y por la cercanía física, que hacía que se odiaran y se necesitaran a diario. Su padre era revisor, se pasaba el día cruzando vagones y cuando volvía a casa entraba en el vagón propio porque el piso era estrecho y alargado como un vagón de tren. Fue muy amigo del padre del chico, de Mariano Fortuna, campanero de trabajo y de clandestinidad sindical. Recuerda que su padre hablaba del amigo Fortuna, de su honestidad, de su camaradería. Valores antiguos. Marcelo había huido de su propia historia como para salvarse de una vida semejante a la de sus padres. Todo eso que la gente rememora con una sonrisa en los labios de los sabores y los olores de la infancia. Muy bien, que se queden en la infancia, y que no vuelvan. El olor de la coliflor recocida que inundaba la escalera de su casa; los domingos por la tarde en el barrio, sin un duro, estudiando en un cuarto desde el que oía la televisión de sus padres, la radio del de al lado, los gritos del de arriba, y los polvos del de más allá, y la vergüenza por ser el chaval formal, el que quiere hacer carrera, el que no se droga. Cada cosa que él había conseguido había sido un paso para alejarse de aquellos tiempos; cada cosa que poseía era un anclaje más en su vida presente: una mujer preciosa, del barrio de Chamberí, del centro; una casita adosada en una urbanización de las afueras. No había vuelta atrás. Su padre enviudó y nadie pudo convencerle de que se trasladara allí, tampoco a su mujer le gustaba ir al barrio a comer algún domingo la paella que el suegro preparaba concentrado y en silencio. No, ella no tenía nada que ver con aquello, por eso precisamente la había elegido. Así que en los últimos dos años de vida de su padre, los encuentros entre padre e hijo se habían producido en visitas esporádicas de Marcelo a la casa-vagón, en las que todo era invariable: un abrazo emocionado al principio y acto seguido nada que decirse. También su padre los había visitado en dos o tres ocasiones, pero siempre decía: «Y yo aquí qué pinto, hijo mío». Él pintaba allí, en su barrio de siempre, a tres pasos del bulevar, tomándose un café por las mañanas con algún que otro jubilado y muriéndose de melancolía por las tardes, acordándose de su mujer, de su amigo Fortuna, el honesto y solidario Fortuna. Ya no hay amigos.

No queda nada de aquello. Si Marcelo quisiera recordar no podría porque todo ha sido derrumbado para construir otras casas. Le avisaron tan tarde de la fecha del derrumbamiento que cuando llegó a rescatar algún recuerdo de sus padres ya habían pegado una patada a la puerta y habían dejado la casa pelada. El padre se murió sin haber visto el piso que le había concedido el Ministerio. Qué broma tan macabra: habían pasado toda su vida en una casa provisional, una córrala de esas que hacen los arquitectos para meter a los pobres, habían esperado tantos años que las excavadoras echaran abajo aquello, y finalmente el nuevo piso y la notificación de la entrega les había llegado después de muertos. Nada. Marcelo no había heredado nada. Los hijos de los pobres no heredan las casas de los pobres que les dieron por ser pobres. La ley no lo permite. Marcelo sólo llegó a tiempo de llevarse algunas cosas que encontró por el suelo: la gorra de revisor, una bola de cristal con la Torre Eiffel dentro, un palillero recuerdo de Santa Pola, el aerosol con el que su padre calmaba sus ataques asmáticos, en fin, pedazos de vida. Marcelo metió su herencia en una bolsa de plástico, y eso es lo que quedó, ni más ni menos. No había tenido hermanos. No tenía relación con la familia. Nada.

Pero al fin y al cabo eso es lo que había andado buscando toda la vida: una bomba destructora de calles, de nombres y de recuerdos. Para qué los quería. Se podía vivir sin ellos, al fin y al cabo era como uno de aquellos hombres de principios de siglo que tomaban un barco y amanecían al cabo de un mes en un continente distinto, sin amigos ni familia, dispuestos a aprender de nuevo a hablar y a sonreír. Pero, inevitablemente, el pasado siempre da señales de vida, y hacía cinco días que las había dado. Marcelo había leído en el periódico algo sobre el suceso. Se fijó en la calle, claro, la calle Payaso Fofó fue inaugurada con ese nombre cuando él estaba a punto de dejar el barrio. Se acordaba vagamente de haber ido con su padre de la mano a ver al compañero Fortuna algún domingo por la mañana para recogerlo y tomarse el vermú con berberechos en algún bareto del bulevar. Los niños se quedaban mientras jugando en la calle y entraban para llenarse la boca de patatas o para que el padre les dejara beberse el juguillo que quedaba de los berberechos, que sabía a mar y a vinagre. Recordaba haber llevado de la mano a la hermana mayor del chico, a Gloria, que tendría entonces unos dos años, para comprarle un cucurucho de altramuces en uno de los puestos del bulevar. En una ocasión oyó a Tierno Galván, cuando era alcalde, decir que su lugar favorito de Madrid era el Bulevar de Vallecas.

Muy bien, pensó Marcelo, váyase a vivir allí, ¿no le gusta tanto? Váyase a uno de los pisos que lo rodean, cámbielo por su pisazo del centro; que se vengan todos a los que se les llena la boca con «lo popular», porque el que es de aquí, en cuanto consigue un poco de dinero se larga a un lugar más ancho, a una casa con portero físico, sin patios interiores donde te ves obligado a saludar a un tío enfrente en pijama o donde puedes contar en las cuerdas de la ropa las veces que se ha cambiado la vecina de bragas, a un portal donde no se te meta un yonqui a ponerse lo suyo o tres chavalitos a pasarse una tarde de domingo dando por culo. Se había fijado en la calle, pero no había relacionado que aquellas iniciales RFM correspondían al hijo del amigo de su padre. Bueno, una de tantas cosas que pasan, pero hace cinco días le habían pasado una llamada en la asesoría fiscal donde trabajaba.

—Marcelo, para ti, es Gloria Fortuna.

—¿Gloria Fortuna... Gloria Fortuna?

—Dice que te conoce. De Vallecas. Que sois amigos.

Gloria. Amigos. De Vallecas. No había relacionado todos estos datos con la niña a la que él entretenía algunos domingos por la mañana, mientras los padres tomaban el vermú.

—Marcelo Román. Hola, mira soy Gloria Fortuna. No sé si te acordarás de mí, hace tanto tiempo que no nos hemos visto. Soy hija de Mariano Fortuna, el compañero de RENFE de tu padre.

—Ah, sí, claro, dime, ¿cómo estás?

—Pues no muy bien. Te habrás enterado de lo que pasó hace unos días en nuestra calle, en Payaso Fofó.

—Ahora mismo no...

—Las dos personas que han muerto y los dos heridos graves...

—Ah, sí, que algo tenía que ver un chaval que vivía en esa calle.

—Bueno, ese chaval..., ese chaval es mi hermano.

—¿Tu hermano? ¿Tienes un hermano?

—Sí, es... mucho más joven que yo. Creo que tú no lo has llegado a conocer.

—No, no lo sabía. ¿Y cuántos años tiene?

—Quince, quince años. Verás, no sabemos muy bien cómo se lió la cosa para que Ramón hiciera algo parecido. Vamos, no llegamos a creerlo, de hecho él asegura que no ha matado a nadie, pero no se explica muy bien porque está muy nervioso.

—¿Está ahí contigo?

—No, el fiscal de menores aconsejó su traslado a un centro. Sobre todo porque te puedes imaginar cómo se ha puesto esto de periodistas. Nos llaman por teléfono, se presentan en casa, es horrible. El fiscal nos ha dicho que él cree que todo tiene una explicación, que confía en que mi hermano es inocente, que por alguna razón se vio metido en esa pesadilla, pero también nos advierte que hay que tener paciencia porque él no está colaborando, no cuenta ordenadamente las cosas, y en algunos periódicos se han precipitado a echarle las culpas, algunos periódicos y algún vecino, los padres de la chica que cayó por el balcón, que está grave. Son demasiadas desgracias para que se encuentre una explicación fácil.

—Claro, claro. Y tu madre, ¿cómo está?

—Deshecha, te lo puedes imaginar, y también yo. Esto es una pesadilla.

Marcelo escuchó los sollozos de Gloria. No sabía muy bien qué decir, ni cuáles eran las palabras adecuadas para consolarla.

—Mujer, la justicia con los menores siempre es más rápida que con los adultos.

—Pero esto va a ser muy lento, nos lo han advertido. Es más complicado que un delito habitual de un menor. Y él, estoy segura, Marcelo, él no ha hecho nada, y si lo ha hecho, si lo ha hecho, será que algo le ha pasado para que lo hiciera.

—Bueno, no puede ir a la cárcel, siempre será un juicio más rápido que si fuera un mayor de edad, y mientras estará bien cuidado en el centro. Esos sitios ya no son como eran antes, son colegios, no hay que asustarse.

—¿Y cómo le explicas eso a mi madre, cómo la tranquilizas? —hizo una pausa para sonarse los mocos—. Por otra parte él no se decide a hablar sinceramente con el fiscal, no acaba de entender que el fiscal está de su parte. Es un niño, si lo conocieras lo verías, es sólo un niño.

Marcelo quiso decir algo como «si te puedo ayudar en algo», pero entendió que esa fórmula de cortesía aquí, en este caso, era arriesgada, porque estaba entendiendo que si le habían llamado era porque le iban a pedir un favor.

—Bueno..., se arreglará, mujer...

—Marcelo, nosotras no queremos que lo lleve un abogado de oficio y no sabemos a quién recurrir, ni lo que cuesta un abogado. A mi madre se le ha ocurrido esta mañana que tal vez tú pudieras echarnos una mano. Te pagaremos, claro, no es que tengamos mucho dinero, pero el que tenemos para eso está. Yo quiero que mi hermano esté defendido por alguien de confianza.

—Yo no me dedico a esos asuntos, sabes, ando más bien en cosas de tipo fiscal y...

—Me da igual, eres un abogado, eres hijo de Román, y para mi madre eso ya es una prueba de que el niño estará en buenas manos. Te lo pido por la amistad que tuvieron nuestros padres —otra vez rompió a llorar— y por mi madre, que lo está pasando fatal.

Al cabo de los años volvía a escuchar eso de «el hijo de Román». No sabía muy bien lo que significaba para él, y sintió extrañeza al comprobar todo lo que significaba para otras personas a las que casi no conocía.

—¿Irás a verlo?

Dos

Ahí estaba, en el barrio, robándole el tiempo que le debía a su pequeño Jaime, que a estas horas estaría ya agotado de respirar agitadamente, con el pecho cargado y la garganta seca de estar todo el día con la boca abierta, y que ya habría agotado la paciencia y el amor de su madre, que llevaría todo el día con él en brazos.

Sin habérselo propuesto había recorrido el mismo camino que hizo Ramón Fortuna aquella noche en que harto de esperar a los coches de policía que habían de cercarlo y aturdirlo con sus luces, sus megáfonos y sus sirenas, abandonó la soledad cósmica y emprendió el camino de vuelta, sin importarle que al final de ese regreso se encontraría con el castigo de las miradas y de las preguntas.

Desde luego esa vuelta había sido decisiva para que el fiscal no lo considerara absolutamente responsable de todo lo que había ocurrido. Otra cosa eran los periodistas que habían acudido al lugar de los crímenes casi al tiempo que la policía y habían hablado con el hombre del coche que atropelladamente explicaba todo lo que había visto y, por supuesto, culpaba al muchacho que había salido huyendo de todas las desgracias.

Cuando entró el chico en la calle había dos coches de policía, una ambulancia y un furgón de la tele. También había gente alrededor del cordón policial, mirando las ventanas de su casa, que estaban encendidas. Todo tenía cierto aire irreal, incluso sus pasos acercándose perdieron gravedad, y él no recuerda haber andado con los pies tocando el suelo. Se fue acercando despacio, deseando ser invisible para pasar entre todos ellos, subir hasta casa y decir: «Mamá, ayúdame a salir de esto, no soy un asesino». Pero alguien reparó en él.

—¡Ahí está!

Señalaban a un muchacho muy joven, con una cara extremadamente pálida, los ojos muy abiertos, como los abren los niños cuando se acaban de levantar y quieren incorporarse a la vida sin haber despertado todavía. Con una mano se sujetaba la otra, que estaba enrollada en una tela llena de sangre.

Ramón sintió los ojos de todos ellos, como la representación de una justicia inmediata e implacable. Ahí está el asesino. Lo decían con su mirada. Eran ojos de extraños pero también eran ojos de gente conocida, de vecinos del barrio con los que se cruzaba a diario, de tenderos a los que su madre compraba todos los días. Ahí está el asesino. Nadie lo dijo, pero todos tenían cara de estarlo pensando. Lo que vino después está muy borroso, dos policías se le acercaron, lo tomaron cada uno de un brazo y él tiene la sensación de que lo llevaron en volandas, suavemente, hasta su casa. No recuerda muy bien, pero cree que su madre se le abrazó al cuello, que su hermana se lo llevó a la cama, que un hombre le curó las heridas, que otros le hicieron preguntas, cree que hubo una camilla, y una especie de quirófano, y el dolor insoportable de una aguja que recorría su mano hinchada, cosiéndole unas partes con otras, dejándole una mano digna de Frankenstein. Recuerda por fin las sábanas de su cama, la sensación de consuelo y de lejanía de todo, de los llantos de su madre al otro lado de la puerta, del timbre del teléfono y de la voz de su hermana.

Marcclo llamó al timbre con la idea de decir desde el principio que no podía estar más que un cuarto de hora, pero una vez que madre y hermana le abrieron la puerta tuvo la sensación de que una fuerza le chupaba hacia adentro.

—Marcelo, hijo mío, muchas gracias. Menos mal que me acordé del hijo de Román, qué hubiéramos hecho nosotras, si estamos superadas por esto.

Habían decidido que él las iba a salvar, a ellas y al chico, y era inútil que Marcelo explicara que nunca se había encontrado ante un caso semejante. De momento, la única desesperación que conocía él como abogado era la de los que ganaban mucho dinero y no querían perderlo pagando impuestos.

—Haciéndote cargo tú de la defensa de Ramón ya estamos todas más tranquilas. Gloria, yo y Milagros, la de las Echevarría, que la pobre quería mucho a su hermana pero a mi chico lo quería como si fuera su sobrino. Al fin y al cabo se puede decir que me lo han criado porque cuando yo enviudé y me puse a trabajar ellas se quedaban con él. Pobrecita, la Eche, la mala suerte que tuvo de que se le cayera la otra zángana encima.

—Mamá, por Dios, que la chavala está muy grave.

—Muy grave ya no está. Sólo grave. Pero mi chico no la tiró por el balcón, eso te lo aseguro yo. No lo voy a saber yo mejor que nadie, que lo he parido.

—Bueno, en realidad, eso no es una prueba, pero si le sirve de algo yo tampoco creo que su hijo tuviera intención de matarla.

—Me da una cosa que esté allí solo, en un reformatorio.

—Ya no son reformatorios, y esta tarde cuando lo he visto tenía muy buen aspecto. Lo importante es que no se mueran los que están graves, que puedan decirnos lo que pasó, para que haya más palabras aparte de la de su hijo.

—¿Cuándo me dejarán ir a verlo?

—Puede ir cuando quiera, aquello no tiene rejas, ni locutorios, ni guardias. Es algo parecido a un colegio.

—No puede haber nada como la casa de su madre.

—Eso desde luego.

—¿Y ahora qué hay que hacer?

—Tener un poco de paciencia. Ya le dije a su hija que los juicios de menores son rápidos pero seguramente el juez querrá esperar a que el amigo de Ramón...

—Valentín.

—A que Valentín pueda decir algo.

—¿Y cuánto tengo que pagarte? Tengo un dinero aquí, lo saqué esta mañana del banco.

—Pues vuelva a meterlo porque ahora mismo no sé qué decirle. No sé el tiempo que me va a llevar esto. No lo sé. Ya hablaremos de eso. Sólo he venido para que se tranquilice. No se preocupe. En estos días se hablará de su hijo, saldrán artículos de prensa, oirá cosas.

No haga caso. Todo eso el tiempo lo acaba borrando. Ahora me voy.

—Pero toma algo, es la hora de cenar.

—Es que tengo al niño malo, me está esperando mi mujer.

—Un niño... ¿de cuánto?

—Un año y medio.

—Y tu padre sin verlo. Qué vida, hijo mío. Por lo menos el padre de Ramón no ha visto lo que ha pasado porque a él este disgusto lo hubiera matado.

—Bueno, mamá, ya vale, déjalo que se vaya, que tiene prisa, no seas pesada.

—No soy pesada. Antes de que te vayas, Marcelo, quiero regalarte una cosa.

La mujer salió del salón y se oyeron sus pasos en la habitación de al lado. Marcelo pensó que tal vez le fuera a dar algún dulce absurdo para que se llevara, cualquier cosa de comer, lo que hubiera hecho su madre. Gloria y él se quedaron sentados, sin saber qué decirse, un poco molestos por no tener más recuerdos comunes que aquellos paseos infantiles.

La madre de Ramón llegó con un sobre grande.

—Es una foto de tu padre y de mi marido. Yo guardo estos recuerdos como si fueran tesoros, pero eres tú quien debe tenerla.

Marcelo no quiso abrir el sobre por no tener más razones para charlar y para quedarse.

—Si sacas el álbum, Gloria, seguro que encontramos fotos de su padre y de él cuando era pequeño.

—Mamá, te ha dicho que se va.

—Otro día —dijo Marcelo levantándose.

—Yo las voy a ir buscando y para cuando tú vengas ya las tendrás apartadas.

Gloria lo acompañó hasta la puerta.

—Perdónala, estos días tiene la cabeza un poco perdida. Ella es una mujer más prudente.

—Pero si ha estado muy prudente. No te preocupes.

Comenzó a bajar la escalera. Cuando iba por el rellano de las Echevarría, Gloria lo llamó desde arriba.

—¡Marcelo!

Su cara estaba asomada al hueco de la escalera. No sabía qué tenía su cuerpo y su forma de comportarse que la hacía mayor de lo que era, pero ahora que veía sólo su cara, le pareció una mujer con unos rasgos casi infantiles y una piel blanca y acariciable.

—Sólo era para pedirte que no te olvides de él, y que muchas gracias otra vez.

Cuando llegó a su casa todas las luces estaban apagadas. Un golpe de angustia le oprimió la nuca. No encontró a nadie en su habitación y fue corriendo a la habitación de Jaime. Allí estaban los dos. Dormidos. El niño agarrado al brazo de su madre, para estar bien seguro de que no intentaría escaparse. La luz de un gusano quitamiedos alumbraba tenuemente su sueño.

Se quedó apoyado un rato en el quicio de la puerta. Notaba cómo el corazón le volvía poco a poco a su ritmo normal. Sacó el sobre del bolsillo de la gabardina y lo abrió. En la foto, dos hombres jóvenes andaban por la calle tomados del brazo. El más alto se podría decir que tenía un porte elegante. Llevaba un traje oscuro y una corbata de lunares. Sonreía tímidamente a la cámara. En aquel momento ese hombre pensaba en irse a Canadá a trabajar en el negocio maderero, había ahorrado para el pasaje, tenía la promesa de un contrato y quería emprender una nueva vida en cualquier país que no fuera el suyo. No podía imaginar que días después iba a conocer a una joven de la que se enamoró tan locamente que dejó a un lado todos sus sueños por estar junto a ella. Aquel hombre era su padre. Y sin saber por qué a Marcelo se le vinieron las lágrimas a los ojos, y lloró allí, de pie, apoyado en la puerta, lloró sin hacer ruido, para no despertar a los que por fin dormían.

Tres

Lo más incómodo de aquella primera noche fue la hora de encontrarse en la habitación a solas con otro interno. Era difícil en esas circunstancias moverse por un espacio tan pequeño con naturalidad. Cuando Ramón entró se encontró con un chico rubio, canijo, y con la cara de ángulos muy delicados, podría haber sido la cara de una chica. Estaba sentado en una de las dos camas, frotándose a conciencia los dientes con el cepillo. Ramón hizo un gesto con la cabeza, pero el otro se sacó el cepillo y con la boca pastosa se presentó:

—Soy Aníbal, y no me hagas la gracia de llamarme Aníbal Lecter que me mosqueo.

Ramón sacó el pijama de la mochila y dándole la espalda se empezó a desnudar.

—Y tú eres Ramón Fortuna, ¿a que sí?

Ramón movió la cabeza afirmativamente.

—Dice el Perico, ¿conoces al Perico?

Ramón volvió a mover la cabeza para decir que no.

—Es el tío que lleva la biblioteca. Que dice que dicen que has matado a un huevo de gente y que tu amigo se está muriendo. Qué fuerte, ¿que no? ¿Y por qué has matado a un huevo de gente?

—Yo no he matado a nadie.

—Bueno, a mí con saber que a tu amigo no le querías matar, me basta. Porque me da un poco de yuyu dormir con un tío que ha querido matar a su amigo.

—No quise matarle, le hice un tajo en el cuello sin querer.

Aníbal miró el reloj.

—Todavía me queda un minuto. De lavarme los dientes, digo. ¿Tú no te lavas los dientes?

—¿Es que aquí te obligan?

—No, te los lavas si quieres. Es libre.

—Pues esta noche no tengo ganas.

Aníbal fue al servicio y se los enjuagó haciendo sonar el agua en su boca con muchísima fuerza. Cuando volvió al cuarto Ramón ya se había acostado.

—Jodé, qué rápido. Oyes, que no te creas que yo soy raro porque me lavo los dientes con el cronómetro. Míralos —Aníbal enseñó los dientes y acercó la cara a la cara de Ramón—. ¿Qué notas?

—Que están limpios.

—¿Y qué más?

—No sé, nada —Ramón quiso decirle «nada, nada, y déjame en paz», pero no tuvo valor.

—Las dos paletas de arriba son postizas, tío, ¿a que no se nota?

—No.

—Me las pusieron la semana pasada, las he estado esperando un año, no te exagero, un año el Vicente dale que te pego haciendo papeleos con la Seguridad Social, ¿conoces al Vicente?

—No.

—Vicente el asistente. Un año Vicente detrás de que la Seguridad Social me pusiera de gratis los dientes. Pasa un año, y el Vicente, que es un tío muy chulo, se cansa y me dice: «Aníbal, por aquí no conseguimos nada»; y va el tío y llama a un programa de la radio, y cuenta mi problemática, y me hacen una entrevista, y empezó a llamar gente, tío, desinteresada, a dejar dinero porque sí, y los del programa estuvieron ahí una semana dale que te pego, un dentista se ofreció a la mano de obra. Tío, que me los han regalado por todo el morro. Y me dijo el dentista: «A partir de ahora a ver qué haces con la boca, chaval, todas las noches dale que te pego con el cepillo cinco minutos», y eso es lo que hago, por eso estaba con el cronómetro. No, es que te lo digo porque a ver si ibas a pensar que yo era maricón, ¿lo habías pensado?

—No.

—Toda la vida me han llamado el mellao, el mellao por aquí, el mellao por allá, así que ahora les he cortao el rollo. A ti cuando te hablen del mellao que sepas que hablan de mí, pero claro, yo mellao ya no soy. Que les den por culo. ¿Y tu madre qué ha dicho?

—¿De qué?

—De que mates un huevo de gente.

—Que yo no he matado a nadie.

—Pues de que no hayas matado a nadie, ¿qué ha dicho?

—No sé, que a ver si salgo pronto de aquí.

—Qué prisas tiene tu madre. La mía le dijo a Vicente que cuanto más estuviera aquí mejor para el mundo, para el mundo en general.

—Y tú, ¿qué has hecho?

—¿Yo? No me acuerdo, ya hace la tira que estoy aquí. El año pasado estuve pillando caballo en los Pies Negros, y ahí me trincaron. Pero el caballo no era para mí, yo no me pongo.

—¿Para quién era?

—A ti te lo voy a decir, no se lo dije ni al fiscal, con que a ti —sin avisar, Aníbal cambiaba de tema—. ¿Y qué, se murieron todos juntos o uno y al rato otro y al rato otro?

—Uno detrás de otro.

—Jodé, qué fuerte. Pues eso debe de impresionar.

Un hombre joven, vestido con ropa deportiva, abrió la puerta de la habitación.

—¿Qué pasa, cómo estás, Ramón?

—Pues cómo va a estar conmigo, de puta madre —le respondió Aníbal.

—Le estoy preguntando a él.

—Bien, gracias —contestó Ramón.

—Pero dile que eres Vicente.

—Soy Vicente.

—Vicente el asistente.

—Venga, ya, Aníbal, por favor, que son las once. Apagad la luz, y sobre todo, cállate y déjale dormir. Cállate que te conozco.

—¿Por qué no pasas un rato, tío, hasta las once y media?

—Porque estoy cansado, sobre todo cansado de escucharte todo el día. ¿Te has tomado las pastillas?

—Sí.

—¿Todas?

—Que sí, tío.

74

—Pues duérmete y deja dormir a los demás.

—Mañana me tienes que llevar al oculista, que no se te olvide.

—Pero si vivo para ti, Aníbal. Cállate ya. Si necesitas algo, Ramón, estoy en la última puerta del pasillo.

—Si necesita algo me lo pide a mí —le dijo Aníbal.

—Claro —Vicente cerró los ojos en un gesto de aburrimiento y cansancio—. Se lo pides a él. Hasta mañana.

Antes de cerrar la puerta apagó la luz.

—¿Sabes lo que me había dicho el Chino, tío? Que tuviera cuidado contigo, que tenías una navaja en la mochila, que te la habían registrado durante la cena.

—Es mentira.

—Ya lo sé. Yo te la registré después. Pero no lo hice por cotillear, tío. Lo hice para dormir tranquilo. Ese Chino es un hijoputa, tío, ten cuidado. ¿Sabes lo que te digo? Que es mejor que se crea que te has cargado a cuatro o a cinco. Tú dile que a seis, que se acojone. Ese me llama maricón, me llama mellao. Mellao ya no me importa, porque tengo mis dos piños bien puestos, pero claro, eso de maricón duele, ¿a que a ti te dolería?

—Sí, a mí sí.

—Pensamos lo mismo, tío. Me alegro de que no mataras a nadie. Yo ya he visto muertos, tío, vi uno que se quedó sentado así con el pico puesto, era un muerto que parecía un vivo; pero claro, no es lo mismo dormir con un asesino. Si yo te he visto, y he dicho: este no los ha matado. Y tu padre, ¿qué ha dicho?

—Mi padre está muerto.

—Pero ¿también se murió el día que tú no mataste a nadie?

—No, mi padre murió hace muchos años.

—Ah, qué susto. Eso sí que hubiera sido un marronazo. Oyes, si te digo una cosa, ¿no la cuentas?

—No.

—El caballo que llevaba cuando me trincaron era para mi viejo.

—¿Y ahora dónde está él?

—No lo sé. Como yo no dije nada él se quedó en la calle y yo estoy aquí. Pero no me importa, Vicente dice que si quiero no tengo por qué irme. Y yo estoy aquí de puta madre con Vicente, yo le digo que sea mi padre y él me dice que no puede ser porque yo ya tengo padre. No sé para qué lo tengo, hace un año que estoy aquí y todavía no ha venido a verme. Ni siquiera cuando me puse malo. Yo me alegro de que a él no lo trincaran pero, tío, por lo menos, podía venir a agradecérmelo.

Ramón sintió cómo los ojos se le cerraban. La voz de Aníbal en la oscuridad era como una cura a tantos días de desconsuelo. Escuchaba la voz pero ya no sabía lo que le estaba contando porque aquel susurro se fue fundiendo poco a poco con otro, con otro ya familiar, como si en ningún momento hubiera dejado de estar solo. No lo estaba, no, porque sentado a un lado de la cama estaba sentado el maquinista, muy quieto, para no despertarlo.

—Papá, no ha sido culpa mía.

—Ya lo sé, hijo. Han hecho muy bien trayéndote aquí. He estado en casa pero no he podido descansar. Tu madre de un lado a otro del pasillo, venga a llorar, y acordándose de mí, que si este chico hubiera tenido un padre. Siempre lo mismo.

—¿Cómo hubiera sido yo si te hubiera tenido a ti, papá?

—Tú siempre tienes a tu padre, aunque esté muerto.

—Eso no es verdad —Ramón se echó a llorar, y era un llanto tan cargado de amargura que al maquinista se le llenaron también los ojos de lágrimas.

—Ramón, hijo mío, no me hagas esto. Me voy de casa por no ver a tu madre... Ramón, si yo hubiera vivido hubiera espantado a esas cuatro mujeres que no te han dejado respirar en todo este tiempo.

—Tres, ya sólo son tres. Pili Eche se partió el cuello.

—Ya. Bueno, tres. Una menos. Pero quién sabe, si yo hubiera vivido probablemente aquella tarde te hubiera dado una paliza, y me habría equivocado. Ahora me estarías odiando.

—Yo nunca te odiaría, papá.

—Eso sólo se les dice a los muertos. Hijo, ¿qué le pasa a este chico que está tan delgado?

—Creo que está enfermo.

—Pobrecillo.

—Su padre no ha venido a verlo en todo un año.

—Lo mejor para él sería que su padre hubiera muerto.

—¿Por qué dices eso?

—No te lo explico porque no lo entenderías.

—¿Por qué dices eso? ¿Por qué dices eso? Respóndeme, no te vayas, ¿por qué lo dices?

Ahora sí que notó cómo las lágrimas le caían por las mejillas, escuchó su propio llanto en el silencio. Aníbal le tocó el hombro.

—¿Quieres que llame a Vicente?

—No.

—Si quieres lo llamo, yo lo despierto algunas veces y no pasa nada.

No pudo disimular el llanto en la voz, sólo fue capaz de decir:

—Que no, que no llames a nadie.

Cuatro

Por las tardes se pasaba por la biblioteca con la excusa de sacar un libro, pero en realidad lo que más le atraía de aquel sitio era la posibilidad de encontrar algún artículo en que se le nombrara. Perico se la estaba jugando haciéndole fotocopias de los recortes, porque Vicente no quería que nadie fuera presumiendo de aparecer en la prensa. La verdad es que no habían salido tantas cosas de un interno desde que el Chino se fugó con aquellas dos pibas a Portugal. Eso sí que fue fuerte. Les sacaron en foto y todo. El Chino haciendo la señal de la victoria con los dedos y Francis descojonándose. Se le nota muchísimo. Es que lo ves en la foto y se te contagia la risa a ti. Y es que fue un descojone. El Chino estaba colgado desde hacía tiempo de una de las pibas, la esperaba a la salida del Instituto y la acompañaba a casa. La piba tenía una amiguita y él al Francis, que era más que un amigo, era la uña y el Chino la carne. Un día se les ocurre así, de pronto, sin haberlo preparado, abrirse un coche. Y nada, que se lo abren. Y van a buscar a las pibitas al Instituto.

En principio para llevarlas a casa, y luego te lías, te lías, y te vas a Portugal. Eso pasa. Y por el camino te abres otros tres coches. Y no te trincan hasta el cuarto. Es que te deshuevas. Y ahí está la foto, a las pibas se la hicieron de limpio y en su casa y con unos ositos, y a ellos entrando donde el fiscal. Y Vicente empeñado en ponerles una capucha en la cabeza como si fueran etarras, porque estaba aquello hasta arriba de fotógrafos, pero qué dices, tío, yo quiero la foto. Y ahí estamos yo y el Francis, yo con los dedos haciendo así, victoria, y el Francis que se le nota que se le va la risa. Por lo menos ahora tengo la foto. Vicente no sabe que la tengo. Va el tío y nos dice: «¿Pero vosotros quiénes os habéis creído: Bonnie and Clyde?». Bueno, no quise contestarle, no quise tenerla, pero me jodió. Porque si yo soy Clyde, entonces el Francis es Bonnie y me jodió que a mi amigo le llamara maricón. De Bonnie el Francis nada, que el Francis los tiene más grandes que un caballo. Así se lo dije, y Vicente me dijo: «No me cargues, Antonio, que hoy estás a punto de rozar el límite». Me llama Antonio cuando quiere joderme, por no llamarme Chino, que es mi nombre porque me lo puso mi madre, así, al verme la cara cuando nací, di que salgo de la barriga, me ve el careto y dice: «Me ha salido chino». Luego al cura hubo que decirle Antonio para disimular, porque a un cura le dices: Este se llama Chino Vidal y el cura se mosquea. Vicente me llamaba Antonio por resentimiento, porque decía que yo le había buscado un lío, que él me había dado confianza para salir y entrar del centro y yo la había malgastado. Me dio una charla de una hora. Ahora me tiene supercontrolado. Lo tengo detrás hasta para ir a mear. Dice que hasta que vea que me porto. Bueno, pues aquí estoy, qué pasa, tampoco me voy a morir por eso, pero lo que sí que me jodió de verdad es que al Francis lo cambiaran a otro centro. Vicente me dijo: «Te lo has buscado, lo ha dicho el fiscal, Antonio, a ver si así aprendes, a ver si aprendes tú a no ser tan listo y el otro a no ser tan tonto». El sábado pasado me llevaron a verlo, y cuando se acabó el tiempo me tuve que meter al váter porque tenía unas ganas de llorar, joder, que no podía soportarlo. Fijo que al Francis le pasó lo mismo. Como si te separaran las uñas de la carne, igualito. Y el Vicente me dice que si me porto la cosa cambia, pero que no tenga prisa, me dice. Y encima ahora, la llegada del pavo ese, con su cara de bueno, que dice gracias y por favor, y a lo mejor con su cara de bueno se ha liquidado a cinco, esos son los peores. Yo le enseñé la foto del descojone, y el tío va y me enseña un pedazo de hoja del periódico toda escrita que dice que habla de él, yo le dije: «Es que ese tocho a mí no me dice nada. A mí las fotos. ¿No tienes fotos?, como si no hubieras salido. Mira Lady Di, hasta cuando estaba diciendo que me da que me da, le tiraron veinticinco fotos allí mismo. Pues yo como Lady Di, a mí la foto, hasta cuando esté ya a punto de caramelo con la cabeza colgando». La foto del descojone del Francis. Al Fortuna le impresionó, y se descojonó también, claro. Normal.

    ¿Y por qué Perico les guarda los recortes, por qué se los fotocopia y se los guarda sabiendo que en el centro eso no gustaría nada? Porque los conoce, porque sabe que se mueren porque alguien les haga un poco de caso, porque quieren ser héroes antes que reconocer que son desgraciados, que es lo que son, desgraciados. Y es inútil intentar convencer a Vicente de que esos recortes son su felicidad, y ¿tan grave es dar un poco de felicidad a quien probablemente no la vaya a tener nunca?

—En eso te equivocas —le dice Vicente—. No están condenados a vivir siempre como ahora, y no hay que tratarlos como si estuvieran condenados a esto.

Hay veces que Vicente parece un misionero, un misionero con chándal, un misionero deportista, montañero, como quieras, pero un misionero. Él dice que la convivencia con estos chicos le aporta cosas. Pero, joder, Vicente, tienes a tu novia, tu pisito, tu sueldo, para qué te metes en más jaleos, tío, tu novia no va a entender cuando viváis juntos que quieras pasar la Nochebuena con el petardo de Aníbal, porque acabarás pasándola, te lo pide todos los días desde hace un mes y la acabarás pasando con él. Como un misionero, igual, intentas apartarlos del mal camino, y los jodes, déjalos que se diviertan, que se vean en el periódico, déjalos ir a la tele, que están deseando, los han invitado mil veces y siempre te niegas. Esa es su felicidad, no tienen otra, algunos no saben ni quién es su padre.

Perico fue el que le dio a Ramón el artículo de «Los imitadores de la violencia». Ocupaba toda una página del periódico. Ramón lo leyó dos veces porque le costó entenderlo a la primera. A la segunda le encantó. Toda la teoría del tío, que si el cine, que si la violencia. Se pasó la tarde en la habitación escribiéndole una carta al escritor este para agradecérselo, le decía:

Querido amigo:
He leído su artículo en el periódico y me ha impresionado mucho. Todo eso de que el cine violento puede inducir a las personas un poco violentas de por sí o ignorantes a cometer

crímenes parecidos a los que han visto en la pantalla. En su artículo dice que yo en el fondo soy una víctima de la cultura de la violencia que actualmente se vive en nuestra sociedad. Quiero agradecerle que me considere inocente, pero espero que no se enfade si le hago algunas aclaraciones que usted desconocerá:

1. Yo no pude imitar la violencia de la película porque los hechos sucedidos el día 12 de octubre no me dejaron casi ni verla empezar.

2. No soy una persona violenta ni un poco ni mucho. Siempre he sido supertranquilo (a mi madre le preocupaba que en el colegio nunca respondiera a las agresiones).

3. Tampoco soy una persona ignorante. Queda un poco pedante decirlo así, pero es verdad. Soy de los tíos que más leen de mi curso. Le pongo un ejemplo: Desde que estoy en el centro me he leído:

A. Historia del Tiempo, *de Stephen Hawkings. Me dijo el bibliotecario que aunque no entendiera nada que no me preocupara, que la sabiduría queda en el inconsciente. Así que no me he preocupado, y debe de ser verdad que algo queda porque el otro día soñé con el origen del universo.*

B. El informe Pelícano. *Se lo recomiendo. Es mucho más profundo que la película.*

De todas formas el artículo me encantó, de verdad, de verdad. Después de leer El informe Pelícano *y su artículo estoy pensando en hacerme escritor. No hago más que dar vueltas a la cabeza buscando un tema candente: ¿usted cree que la clonación daría para una buena intriga?*

Adiós,
Ramón Fortuna

Nunca había escrito una carta tan larga. La pasó a limpio varias veces y tuvo algunas dudas ortográficas. Es que después de decirle que no era un inculto no podía meterle una falta. El tío se reiría de él, y más un escritor, hay que tener mucho cuidado con esa gente, que siempre está dando lecciones a los demás. Perico le dijo que cambiara lo de «querido amigo» por «estimado amigo», que quedaba mejor, y le dijo que se despidiera con un «atentamente». Ramón no se acabada de fiar de Perico, que aunque llevaba la biblioteca presumía de no haberse leído un puto libro en su vida. Miento, le dijo a Ramón llevándose el dedo índice a los labios, me leí en su momento *Lola, espejo oscuro*, que me habían dicho que salían algunas escenas fuertes, y tampoco, así que hoy en día con las revistas que hay, que tienes a todas las Lolas que quieras diciendo aquí estoy yo y esto es lo que tengo, yo no vuelvo a probar un libro, no tengo yo tiempo para eso. Perico decía esto como víctima de un gran desengaño intelectual, y aunque Ramón le intentaba convencer de que *El informe Pelícano* era una gran obra literaria, él apartaba la cara con una ligera mueca de asco, como a quien le están ofreciendo un plato que no le gusta: «Que no, que no te empeñes».

Como Ramón no se fiaba de las correcciones de Perico, cuando aquella tarde llegó por sorpresa su abogado se llevó la carta a la sala de visitas para que Marcelo le echara un vistazo:

—Mira, de verdad, chico, no seas imbécil. A este individuo no le importa lo que te pase o deje de pasarte. Olvídate de lo que sale en los periódicos. Ni lo leas ni se te ocurra responder. Tú no tienes que decir nada.

Pero es que no te das cuenta de que esto ha sido muy grave.

—Bueno, yo... Sólo quería agradecerle...

—Te trajeron aquí para que nadie te incordiara, para que no pudieras decir ninguna tontería a ningún periodista. Así que sigue callado. Por tu bien. ¿Te queda claro?

—Sí.

—Tú no tienes que explicarle a ningún desconocido lo que viste o dejaste de ver aquella tarde. Porque eso a estas alturas es lo de menos.

No había sido lo de menos. Marcelo lo sabía. No había sido lo de menos desde el momento en que muchos videoclubs habían retirado la película voluntariamente, y desde el momento en que se estaba planteando la manera en que los establecimientos debían clasificar las películas conforme a la violencia que llevaran dentro. Después de casi un mes desde que Marcelo se hiciera cargo del caso, después de que su mujer le hubiera grabado algunas intervenciones en algunos debates de la televisión, después de que parece que poco a poco las secciones de local y de sucesos se iban olvidando del chico que generó la polémica, de Ramón Fortuna, todavía, Marcelo había atendido esa mañana en su despacho una llamada de la Cadena Ser en la que se le enfrentaba con un crítico de cine que lo acusaba sin piedad de haber sido el pionero de aquella cruzada contra la libertad de expresión. Le habían pillado por sorpresa, sin avisar, y Marcelo, sin poder evitar que tomara las riendas su yo más vanidoso, había dicho que sí, que venga, teniendo allí delante a un par de clientes que estaban furiosos ante la perspectiva de tener que pagar un millón y medio a

Hacienda. Y que tomaron aquella interrupción como una agresión sobre otra.

—¿Os importa que atienda esta llamada de la radio? Es sólo un momento.

Y la pareja había dicho que no, que no les importaba, pero con un no tan seco, que Marcelo se había dado cuenta de que aquellos espectadores le iban a hacer fracasar en su discurso. Se sintió torpe, y lo fue. Para empezar habló en voz muy baja, como temiendo que el levantar la voz empeorara las cosas con sus clientes. Y el crítico, y el presentador, y un experto en no sé qué, crecidos por la inferioridad de su contrincante, le pegaron una paliza tan brutal a favor todos ellos de la libertad de expresión que luego Marcelo no entendía las facturas de aquella pareja iracunda, y no se quitó un dolor de cabeza insoportable que se le colocó en el ojo derecho y lo mantuvo mareado durante todo el día.

Así que cuando llegó al centro y le vino el chico con la carta al escritor lo primero que le hubiera salido habría sido darle una hostia. La hostia que no le había podido dar a aquel crítico tan listo, ni al experto en todo, ni a la pareja de imbéciles, ni a aquel presentador que le llama tan amable para meterle luego en una encerrona humillante.

—Voy a hablar un momento con Vicente para decirle que vamos a una cafetería y hablamos fuera de aquí. Necesito tomarme un Nolotil y un café o me caigo aquí mismo.

Ramón fue a por el plumas a su cuarto. Allí estaba Aníbal tumbado en la cama. Muy pálido.

—¿Dónde vas?

—Voy a una cafetería, con mi abogado.

—¿Puedo ir?

—Pues no creo.

Aníbal se recostó de lado. Sin decir nada. Extrañamente callado, como hacía a veces cuando, fuera de hora, se acostaba.

—¿Quieres algo, quieres que le diga a Vicente que venga?

—Sí, dile que venga.

Cerró la puerta con cuidado y avisó a Vicente antes de salir a la calle con el abogado. Se sentía extraño, era el primer día que salía después de que hace un mes entrara en aquel centro. En realidad, podía haberlo hecho, pero algo le había dicho que el mundo exterior, de momento, iba a ser mucho más inhóspito para él que aquel edificio donde ya se movía como si lo hubiera hecho toda la vida. El primer día que pisaba la calle y ya tenía la firme sensación de que algo se le quedaba dentro de ese lugar. Algo indefinido al principio, cuando se montó en el coche y miró en silencio las luces de la noche prematura de noviembre, algo que poco a poco iba materializándose en la figura de un chico, casi un niño, muy delgado, muy frágil, como un pájaro, como un pájaro que cae enfermo en la tierra; que aguanta en silencio, con los ojos abiertos y tumbado de costado, algún terrible padecimiento interno. Ramón Fortuna, acostumbrado siempre a ser el más inexperto, el más torpe, el más lento, había encontrado por fin alguien a quien proteger. Era una sensación tan nueva que le entraron ganas de bajarse del coche, y salir corriendo hasta llegar al cuarto. Tomarle la mano y decirle: «Aníbal, ya he vuelto».

Cinco

Marcelo le hablaba desde hacía un rato pero Ramón no podía concentrarse en lo que le estaba diciendo porque a su lado cuatro tíos con gorras, con pendientes, con pantalones a cuadros y cortes de pelo extravagantes se estaban comiendo unos sándwiches descomunales, y mojaban patatas fritas en mayonesa, y se metían grandes pedazos en la boca, hablando al tiempo, sin cortarse, riéndose. Calculó que sólo tendrían unos tres años más que él, pero estaban allí, en aquel Vips de una calle que él no había visto nunca, estaban allí como si estuvieran acostumbrados a pisar cafeterías, y bares, y tuvieran siempre dinero en el bolsillo para gastarlo por ahí con los amigos. Quiso ser como ellos, que nada le viniera grande en la vida, quiso poder ser extravagante, llevar pantalones a cuadros, el pelo al cero, las patillas finas dibujadas hacia la boca. No eran los maca-rras que él se veía obligado a soportar en el Instituto, ni eran *skin heads*, ni eran pijos, ni eran del tipo de su amigo Valentín o del suyo. Eran otra cosa difícil de definir. De la gente que hace su vida y que se divierte y que a lo mejor tocaban en un grupo. Se vio la cara en el espejo que había detrás de Marcelo y se vio cara de palurdo, de gañanazo. Parece que las cejas y los ojos, un poco juntos, los labios demasiado carnosos, la cara de osito bueno, como decía su hermana, parece que todo eso le delataba: Soy Ramón Fortuna, el de la calle Payaso Fofó, la víctima social.

—Que qué quieres tomar, Ramón, que estás ido.

—Ah, una coca-cola... Si no te importa prestarme dinero, es que me gustaría comer algo para merendar. Cuando volvamos al colegio te lo devuelvo.

—Venga, hombre, pide lo que quieras.

Pidieron también dos sándwiches monumentales. Pero en su mesa el escenario era distinto: parecía la merienda de un padre y un hijo que van a hablar de las notas; la merienda entre un padre separado y su hijo.

—Ramón, no sé si te ha dicho tu hermana que Valentín está bastante mejor. El fiscal se va a acercar a verlo. En realidad su testimonio es lo más importante en todo este caso. Si Valentín dice que fue un accidente, todo empieza a cuadrar con tu declaración. Esperemos que sí.

—No lo sé...

—Es tu amigo.

—Sí, es mi amigo, pero tiene puntos muy raros, y como le dé el punto es capaz de contar que yo lo hice a propósito por fastidiarme.

—La chica de momento no va a testificar porque aparte de cómo está de fracturas, aparte de eso, está muy afectada psicológicamente, pero eso no me importa, desde que supimos que aquella tarde ella llevaba en el cuerpo dos *tripis* podemos entender que se puso más histérica de lo que correspondía. ¿Tú habías tomado algo?

—¿Yo? —dijo Ramón como si tuviera que demostrar desde el principio su inocencia—. Yo nunca he tomado *tripis*, me han ofrecido, pero nunca, yo te lo juro, que...

—Que eso da igual. No te asustes. Sólo preguntaba por preguntar.

—Ella es la que tuvo la culpa de todo. Bueno, la culpa de todo la tiene Valentín por llevársela a mi casa. Eso es típico de él, es un tío que se ha pasado la vida riéndose de mí, dejándome en ridículo.

—Pues ya va siendo hora de que te defiendas y dejes de quejarte. ¿Qué tal con tu madre?

—Bien.

—Bien no. Ayer le dijiste que no fuera a verte todos los días.

—Le dije que no fuera a verme todos los días porque no me deja, no me deja vivir. Llega allí, se pone a llorar y yo... Ninguna madre va todos los días a ver a su hijo.

—¿Es malo que tu madre se preocupe por ti?

—No, pero aunque ella lo haga con buena intención, a mí me deja en ridículo.

—Todo el mundo te deja en ridículo a ti.

—Todo el mundo no. Tú no, por ejemplo.

—Yo te estoy echando la bronca ahora mismo.

—Sí, pero me hablas como si fuera normal, no como si tuviera tres años.

—Pues ya que no tienes tres años, intenta entender a tu pobre madre. No seas ingrato.

—¿Es que te ha dicho ella que hables conmigo?

—No, lo hago porque creo que tengo que hacerlo.

—¿Conociste a mi padre?

—Sí, mucho. Era un hombre maravilloso. Los mejores recuerdos de mi infancia se los debo a él y a mi padre, a los paseos que me daban los sábados y los domingos por la mañana. En realidad, estoy aquí contigo por él y también por mi padre, y también por mí.

—Marcelo, ¿dónde tengo que pasar las Navidades?

—Donde tú quieras. No estás preso. Puedes ir a casa.

—No quiero ir a casa. Estoy bien donde estoy.

—Sería muy triste para tu madre que no fueras.

—También sería triste para mí ir y que ella estuviera llorando, mi hermana consolándola, y yo sin saber qué decir. Tú puedes decirles que te han dicho en el centro que es mejor que me quede allí.

—Eso es una tontería.

—Por favor...

Cuando entró en su habitación Aníbal se estaba tomando sus pastillas. La cara le había cambiado. La palidez había desaparecido y su cuerpo tan ligero iba de un lado a otro de la habitación, como siempre. Dentro de un momento empezaría con el ritual del cepillado de boca y hablaría sin parar con el cepillo dentro.

—Le he dado a Perico la carta del escritor para que te la mande. Se va a quedar el tío impresionado con los dos libros que le has puesto. ¿De qué trata el de *La historia del Tiempo*?

—Pues del tiempo..., en general, del tiempo desde que el mundo es mundo.

—Ah, a mí me gusta mucho la ciencia-ficción.

—No, esto es ciencia pura. Es desde la formación de la Tierra.

—Ah, eso ya no. A mí pensar en el espacio me pone nervioso. Yo prefiero eso de que llegó Dios y que si el lunes creó el mar, el martes, los ríos, y el miércoles los animales; pero a mí eso del universo por las buenas no me gusta. A mi madre tampoco, una vez que fui al colegio le conté lo de que el hombre viene del mono y toda la pesca, y me pegó una guantá. Es que ella es de la Iglesia Evangélica, a ella no la hables de otra cosa.

Ramón se quedó preocupado pensando que a lo mejor Marcelo acababa enterándose de que por fin la carta se había mandado. No tenía muy claro por qué iba a ser perjudicial para él, podía ser que el escritor la sacara en el periódico. Bueno, tampoco había dicho nada malo. Antes de dormir intentó recordar de principio a fin lo que había puesto. Soñó que empujaba la silla de Stephen Hawkings por el Parque Azorín y hablaban los dos, de hombre a hombre, del principio del universo.

Pero sus preocupaciones desaparecieron cuando a los dos días entra Aníbal jadeando en la habitación y le grita:

—¡Que dice Perico que vayas, que tiene algo muy importante que darte!

Echaron los dos a correr hasta la biblioteca. Perico los esperaba con una sonrisa:

—Fortuna, ¿qué le pusiste al final «Querido amigo» o «Estimado amigo» como yo te dije?

—Lo cambié, lo cambié como tú me dijiste.

—Pues le has debido de dejar impresionado.

Puso ante los ojos de Ramón un paquete. Le había contestado. Dios mío, le había contestado. Lo abrió destrozando casi el envoltorio de cartón. Había una carta escrita a mano que decía:

Estimado Ramón:

Por lo que he leído en la prensa dentro de poco el chico que se encontraba contigo aquella tarde podrá hacer alguna declaración. Espero que testifique a tu favor y que todo se resuelva de la mejor manera posible para ti.

Lamento que entendieras que yo te había llamado ignorante o violento en el artículo. Hablaba de un tipo de gente, a la que desde luego tú no perteneces, que sí que puede sentirse fascinada por las escenas violentas del cine y sienta algún tipo de placer en imitarlas, o simplemente, que esa visión continua y normalizada de la violencia le haga rebajar su respeto hacia el ser humano.

Veo que no pierdes el tiempo durante tu estancia en el centro de menores. Admiro la paciencia que has tenido para poder leer entero el libro de Stephen Hawkings. Yo lo intenté, pero como no entendía demasiado, lo dejé sin haber leído ni treinta páginas. Enhorabuena.

Seguiré tu consejo y empezaré El informe Pelícano. *No es el tipo de libros que a mí me gustan pero me dejo recomendar. Claro que estarás de acuerdo conmigo en que el libro, aunque sea más profundo, como tú dices, no tiene el aliciente de la presencia de Julia Roberts.*

Como veo que te gusta leer, te mando una novela, El guardián entre el centeno, *que cuenta la historia de un chico, más o menos de tu edad, que atraviesa un momento muy difícil. Creo que este libro te ayudará a sentirte comprendido y acompañado.*

Te deseo, de verdad, mucha suerte.

Después de leer la carta, Ramón se la dejó a Perico y a Aníbal para que la leyeran. Ahora Perico la leyó en voz alta. Ramón volvió a mirar el sobre, vio otra vez el nombre del escritor en la solapilla. Sintió un ligero mareo provocado por la emoción de la felicidad. Lo hubiera gritado por los pasillos del colegio para que todos los internos y todos los monitores se enteraran de que a Ramón Fortuna le había contestado un escritor muy famoso al que probablemente la mayoría de sus compañeros no conocerían, porque no conocían a ninguno. Pero no hizo falta que Ramón lo divulgara, Aníbal voló ligero de un lado para otro, entró al despacho de Vicente, entró a la sala de la psicóloga, que en ese momento estaba con otro interno, a Cinta, la cocinera, al del kiosko de prensa de enfrente del colegio, que por cierto, lo comentó con varios clientes de los que se acercaron aquella mañana. A eso de la una del mediodía todo el centro y alguna gente de fuera sabía que Ramón se carteaba con una autoridad de las letras.

Fortuna empezó aquella misma tarde la historia de Holden Caulfield, y a ratos le leía en voz alta a Aníbal que aunque no le gustaba leer sí que le gustaba que le leyeran. A las dos horas ya iba por la mitad. Y Ramón pensó que como siguiera a ese ritmo se acabaría convirtiendo en un intelectual.

Seis

Se despertó bruscamente, sin atravesar ningún camino intermedio entre el sueño y la consciencia. Sufrió una ligera taquicardia al no situarse en la hora ni en el día al que pertenecía esa mañana que ya iluminaba toda la habitación, hasta que recordó que era sábado, que no había nada mejor que hacer que aferrarse al cuerpo de Sara, que todavía dormía. Deslizó las manos por debajo del pijama de su mujer y empezó a sentir un deseo que no exigía más que estar así, a su lado, tomándole las tetas con las manos, deseando que aquellas caricias entraran suavemente en sus sueños. Jaime tenía un sexto sentido para percibir cuándo alguno de sus padres empezaba a despertarse y Marcelo oyó cómo su hijo se ponía de pie en la cuna. Probablemente llevaba ya media hora esperando que alguien se ocupara de él porque a las ocho abría los ojos invariablemente todos los días. Marcelo sabía que Jaime le estaba observando vigilante desde la cuna para empezar a saltar en cuanto se cruzaran una vez la mirada. Por eso se cuidó de quedarse muy quieto y de tener los ojos cerrados para poder disfrutar un poco más de aquel abrazo tan cálido. Pero no hubo manera, a los diez minutos la voz de su hijo sonó potente, muy alta, muy clara, en la habitación. Sólo decía «papá», una y otra vez, sin darse por vencido.

—Ay, no, tan pronto no —dijo Sara, dormida, llorosa—. Por Dios, no son ni las nueve todavía. Es que no tiene compasión.

—Yo me levanto. Sigue durmiendo.

La besó en el cuello y cuando Jaime vio incorporarse a su padre empezó a saltar agarrado a los barrotes, como hacía siempre.

Le gustaba tenerlo así las mañanas de los sábados, tenerlo para él solo un rato en la cocina observando desde la trona cómo su padre preparaba el biberón de cereales. Le gustaba cuando empezaba a impacientarse porque la papilla no se acababa de enfriar y lloriqueaba. Le gustaba que luego moviera nerviosísimo los brazos y las piernas cuando por fin llegaba el biberón a sus manos, y cómo cerraba los ojos de placer cuando le llegaba la comida a la boca y se le oía tragar y emitir un ronroneo de felicidad. Quería tener más hijos, otro más, o tres. No quería que su hijo fuera como él, un hijo único que siempre se siente en deuda con sus padres y que, al final, lo que está deseando es huir de ellos.

El teléfono sonó en la habitación y Marcelo salió corriendo con Jaime en brazos para que Sara no tuviera que contestar. Pero ella ya lo había cogido.

—Es Ramón Fortuna. Las nueve de la mañana de un sábado y llama Ramón Fortuna.

Marcelo tuvo ganas de asesinarlo.

—¿Qué quieres? —le preguntó secamente.

—Es un poco pronto para llamar, ¿verdad? Es que llevo toda la noche sin dormir...

—¿Y qué quieres que yo le haga?

—Es por lo de Valentín. Me llamó mi hermana Gloria ayer, me dijo que él ya había hecho una primera declaración en el hospital, que dijo que yo le había rajado sin querer. ¿Tú eso lo sabías?

—Sí lo sabía, sí.

—Pues me podías haber llamado.

—Es que me enteré ayer por la tarde. Además tengo otras cosas que hacer, Ramón. No sé si sabes que no vivo de este caso, yo trabajo todos los días de la mañana a la noche, y luego, los sábados descanso, me gusta descansar.

—Si yo no quería molestarte, pero es que me puse anoche a darle vueltas a lo de Valentín y..., bueno, me gustaría ir a verlo y a darle las gracias. Mi hermana Gloria dice que debería hacerlo.

—Pues ve, me parece muy bien que vayas. Que te acompañe Gloria o el asistente social.

—Es que yo quiero que me lleves tú. A lo mejor está la madre de Valentín, igual me empieza a insultar, y tengo miedo a que pueda suceder algo. Ya sabes la mala suerte que tengo. Prefiero ir con mi abogado.

Marcelo no pudo evitarlo y se echó a reír. Jaime, que tomaba el final del biberón tumbado en la cama, se lo apartó de la boca para echarse también a reír.

—Mejor sería con tu abogado y con dos guardaespaldas.

—Por favor, yo sé que el lunes tú no puedes acompañarme y, no sé, me remuerde un poco la conciencia.

—¿Ya te deja la psicóloga que te remuerda la conciencia?

—Sólo es acompañarme, no voy a estar allí más que un rato. Mi hermana daba por hecho que me acompañarías.

—A las once paso a recogerte.

—Muchas gracias, Marcelo. Gracias.

Ahora era Sara quien lo miraba fijamente, ya completamente despierta.

—Marcelo, ¿echas de menos tener algo de familia?

—No, qué tontería —se sintió inquieto y asombrado por la pregunta, como si le hubieran descubierto un secreto que él no conocía.

—Aquí vienen mis padres, mis hermanos, mis amigos de siempre, y nunca viene nadie que forme parte de tu pasado.

—Siempre ha sido así. Ya lo sabes, desde que murió mi padre, no hay nada que me una a mi barrio, ni tengo trato con la familia, tampoco lo tenían ellos en su momento. Esas cosas no se pueden inventar. Yo soy feliz así.

—Pero algo te sucede con este chico que ha hecho, cómo te lo diría, interesarte más por la vida de alguien. Normalmente eres una persona fría, por eso me extraña.

—No soy frío contigo.

—No, conmigo no, ni con el niño. No, es con el resto. Nunca llegas a implicarte verdaderamente en la vida de la gente, y tienes muchas ocasiones, hay gente a la que le llevas los asuntos desde hace años y no llegas nunca a entablar ninguna amistad.

—Sara, es la primera vez que te preocupas por mi carácter.

—No digas eso, no es la primera vez. Yo te observo desde el día en que te conocí. Dime la verdad, ¿qué te provoca este chico para que haya despertado de esa forma tu interés, para que lo lleves a merendar o lo lleves una mañana de sábado a un hospital? Dime la verdad.

Marcelo se sentó en la cama y supo que no le quedaba más remedio que decir algo. Miró a un lado y a otro como buscando la mejor respuesta.

—Bueno, los recuerdos materiales sirven para evocar a los muertos. Una casa, una calle, ahí está toda una vida. Yo no tengo nada de eso, lo poco que tenían mis padres desapareció. Yo pensé que se podía vivir una tristeza sin recuerdos. Pensar en mi padre, echarlo de menos, pero no vincular eso a mi propia infancia, a todas las cosas que viví con ellos. Porque además, ¿con quién puedo compartirlo? No hay nadie que haya estado conmigo en el mismo momento en que sucedían esas cosas, y es tan difícil contar un recuerdo sin que se tengan las mismas referencias. Por eso, cuando volví a ver a la madre de Fortuna, a su hermana, me sentí obligado a rectificar, a no dar la espalda. Cuando me contaron el cariño que sentían hacia mi padre me sentí muy conmovido, aunque sea difícil de explicar, me sentí íntimamente agradecido. Porque él era un hombre reservado, ya lo sabes, pero muy sentimental, de esas personas que pasan por la vida sin hacer ruido pero que, en el fondo, se merecen que la gente repare en ellas.

—He visto la foto que trajiste en tu cajón de la mesilla, ¿quién es el otro hombre?

—El padre del chico. Mariano Fortuna.

—Pues sácala del cajón, ponle un marco, airea tus recuerdos, Marcelo. Todo el mundo da la lata con sus recuerdos, es lo normal.

—Es que me ponen triste.

—Te ponen triste porque no hablas de ellos nunca con nadie.

Esperó a Ramón en la puerta del colegio. Se había traído a Jaime, que dormía feliz en su silla con la panza llena y el movimiento del coche.

—¿Y este niño quién es?

—Es Jaime, mi hijo.

—No sabía que tuvieras un hijo —lo observó desde el asiento de delante—. Es guapo. No se parece a ti.

Hicieron todo el camino hasta el hospital sin hablar apenas. Marcelo notaba que el chico estaba nervioso, nervioso por si recibía algún reproche y nervioso por tener que dar las gracias o pedir perdón. Y a cierta edad esas dos cosas cuestan mucho trabajo, casi como si fueran vergonzosas.

Tomó a Jaime en brazos, todavía medio dormido y entraron en el hall del Hospital Gregorio Marañón. Daba la sensación de entrar en una gran burbuja en medio de la ciudad, por una especie de calor húmedo que se pegaba a la ropa y un olor indefinido a desinfectante; una gran burbuja, con vida propia, al margen del mundo de los sanos. La gente peleándose por entrar con los guardias de la puerta, y los que finalmente conseguían sumergirse en aquel universo de debilidad y dolor atravesaban pasillos donde se cruzaban con hombres que arrastraban el suero para dar un pequeño paseo, mujeres despeinadas, todos vulnerables, pálidos, todos con mucho miedo a que la cosa se complicara, a no poder salir de allí, a no poder volver al mundo de los sanos. Marcelo prefería no mirar, o mirar lo menos posible, para no ver el futuro de uno mismo en ninguno de aquellos enfermos con los que se cruzaban. Iba atento al chico, que cada vez iba más nervioso, tanto es así que se tropezó dos veces. Es posible que esta fuera una de las pruebas más difíciles que había pasado Ramón desde aquella tarde, este era el momento en que las cosas podían empezar a normalizarse, era el primer paso para la vuelta atrás, para las rectificaciones, para volver a vivir normalmente.

La puerta de la habitación 313 estaba abierta, se distinguían las voces de dos mujeres que hablaban dentro de la habitación. Ramón miró a Marcelo como preguntándole: ¿y ahora qué tengo que hacer? Marcelo le dijo que cogiera a Jaime un momento y que lo paseara un rato por el pasillo. Pero Ramón se quedó cerca de la puerta, escuchando cómo el abogado hablaba con una de las mujeres. No conseguía descifrar lo que decían y eso le alteraba mucho más. Abrazó al niño sin saber por qué. Salió una enfermera. Salió el abogado. Y finalmente salió la madre de Valentín que se le quedó mirando de una forma tan rara que el muchacho no supo calibrar qué era lo que le quería decir exactamente. Ramón bajó los ojos porque no podía soportar su mirada, y le habló por fin:

—Valentín ha estado muy grave.

—Ya lo sé.

—Él dice que lo hiciste sin querer.

—Sí, lo hice sin querer.

—¿Sabes cuánto tiempo estuvo tirado en el suelo sin que nadie le socorriera? Casi una hora.

103

A Ramón le tembló la barbilla.

—Yo creía que estaba..., creí que no podía hacer nada por él.

—Perdió mucha sangre y ha tenido una infección que casi se muere.

Ramón ya no podía decir nada.

—Sólo quiero que me digas una cosa. No quiero que me conteste el abogado ni mi hijo, quiero que me la digas tú y mirándome a los ojos, porque te conozco desde que eras pequeño. Dime, ¿fue una pelea?

—No, se lo juro.

—¿Puedo creerles cuando dicen que no lo hiciste a propósito?

—No lo hice a propósito. Se lo digo yo, Rosa. Se lo juro. He venido sólo para darle las gracias a Valentín y para decirle a usted que lo siento mucho.

—Pues pasa y habla con mi hijo.

Había otros dos enfermos en la habitación pero estaban absortos en un programa de la televisión. A Ramón le alivió inmediatamente que hubiera un ruido de fondo porque no hubiera podido soportar su propia voz sobre el silencio. Valentín estaba leyendo pero apartó el libro en cuanto él se acercó a la cama.

—Mamón, qué pasa.

—¿Cómo estás?

—Pues muy chungo pero mejor. Menudo tajo me diste, tío, me lo vi por primera vez el otro día en el espejo y casi me caigo allí mismo. Me puse blanco como una puerta. Mi madre no se acababa de creer que hubiera sido sin querer, y yo le decía: «Pero, mama, tú no conoces a Ramón Fortuna».

Ramón sonrió por primera vez.

—No te rías, tío, que casi me mandas al otro barrio. Me da una grima la cicatriz que te cagas. Y menos mal que me la diste en el cuello, tío, que si me hubieras rajado la cara, me suicido, tío. No hubiera soportado ir por la vida con la cara rajada como si fuera un membrillo. Dice mi madre que estás en un reformatorio de esos.

—Bueno, es un colegio. Es que se armó tal lío que me quisieron quitar de en medio.

—Si sigo bien me han dicho que a lo mejor la semana que viene puedo ir a ver a la Jessi, que está en maxilofacial. Le han tenido que hacer la barbilla nueva —Valentín se quedó serio y tragó saliva. Luego volvió a su tono de siempre—. Bueno a mí con que siga teniendo las tetas como siempre...

Los dos se quedaron serios. Ramón pensó que durante dos días él estuvo completamente seguro de que Valentín había muerto. Lo dio tan por hecho que no preguntó a nadie y a nadie se le ocurrió sacarle de su error. Ahora que Valentín estaba delante de él, recuperándose, con el cuello vendado y aspecto de estar muy cansado, Ramón tenía la sensación de que aquellas horas en las que él le dio por muerto los habían separado para siempre. Aquellas horas en las que Ramón no había llorado por la muerte de un amigo sino por todo lo que se le venía encima. Estaba seguro de que Valentín jamás iba a confesar que se sentía mal, jamás perdería ese sarcasmo cruel que practicaba con los demás y consigo mismo y con el que escondía cualquier cosa que sonara a sentimientos. No seguirían siendo amigos. Valentín había salido de esta y volvería al barrio, al

Instituto, y si Ramón no le seguía los pasos, como había hecho siempre, encontraría otro tonto del que reírse, al que contarle sus insignificantes hazañas de héroe de barrio. Diría: «Yo salvé a Mamón Fortuna del trullo». Y la frase acabaría doliendo más que por su significado por la repetición, por las ganas de herir.

—Me aburro aquí tanto, que me he puesto a leer *Entrevista con el vampiro*, y lo voy a tener que dejar porque todas las noches sueño con que Tom Cruise me pega un bocado en el cuello, tío. ¿Cuándo vuelves a casa?

—Todavía no lo sé.

—¿Es que no te dejan?

—Sí, pero no lo sé. ¿Y tú?

—Ni puta idea.

El silencio se prolongó hasta hacerse incómodo. Valentín cerró los ojos y Ramón se levantó de la silla.

—Bueno, pues yo me voy. Mejórate. Y gracias de verdad.

Cuando iba cruzar la puerta oyó la voz de Valentín pronunciando su nombre de esa manera en que siempre lo hacía, con guasa, con superioridad.

—Ramón, ya puedes darme las gracias: Te he salvado del trullo.

Lo había dicho.

A Marcelo le contó la conversación por encima y Marcelo le volvió a repetir con una sonrisa: «Veo que ya te deja la psicóloga sentirte culpable». No, la psicóloga no le dejaba, seguía empeñada en que si era inocente tenía que quitar a los muertos y a los heridos de sus espaldas. Pero la culpabilidad de Ramón iba mucho más allá de lo que realmente hubiera pasado, lo que de verdad le pesaba de pronto era su forma de ser, la torpeza con la que había actuado, tal vez era algo que llevaba arrastrando toda la vida. La inocencia. Ahora ya empezaba a ser inocente a los ojos de todos, pero había más cosas: su falta de carácter para haberle negado a Valentín su casa aquella tarde, ese carácter que le llevaba a hacer continuamente cosas que no le apetecían y que le provocaban una rabia interior que muchas veces le había separado del mundo. Por primera vez se despedía para siempre de alguien, del que se suponía que era su mejor amigo, su mejor amigo por costumbre, y que hubiera seguido siendo el mejor amigo durante toda la vida de no ser porque durante dos días estuvo muerto y eso le hizo desaparecer para siempre. No sólo iba a ser Ramón el que saliera ganando, ahora Valentín viviría si ese amigo falso que siempre tuvo a su lado, el amigo víctima, el que aguanta los golpes y guarda un rencor sordo, el que desconfió de él hasta el punto de creer que le echaría las culpas de su muerte pasajera.

Cuando estaban a punto de entrar en el coche Ramón reconoció dos figuras familiares entrando en el hospital. Eran Vicente y Aníbal. Visto así en la calle, mezclado con la gente, Aníbal parecía un niño. Además Vicente lo llevaba tomado de la mano. Ramón estuvo a punto de salir corriendo a su encuentro y quedarse con ellos pero Marcelo le dijo.

—¿Te apetecería venir a comer a casa?

Esa idea le borró a Aníbal, a Vicente, y las ganas de volver al colegio.

Siete

No podría expresar lo que le pareció la casa de
Marcelo porque la vio con los ojos del niño que ha
vivido siempre en un piso de no más de sesenta metros
cuadrados, con el suelo de un linóleo que imita al par-
qué, y una escalera de una decadencia reciente. El salón
de la casa de Payaso Fofó se ahogaba en muebles de
madera oscura que parecían reventar las paredes, ser más
grandes que la propia habitación. Había un sofá, tres
sillones, una mesa con seis sillas también de madera
oscura con el respaldo altísimo, había cinco volúmenes
de *Las grandes maravillas del mundo*, y una enciclopedia
de cocina que Gloria y él le habían comprado a su madre
para su santo, y una colección de novelas policiacas que
su hermana devoraba siempre que se quedaba en casa,
que era siempre que no estaba en el trabajo. Había pañi-
tos, había jarrones, ceniceros de plata, ceniceros de cristal, una fila de elefantes, otra fila de jirafas, había tres
alfombras, y una de ellas se quedaba levantada para que
se pudiera abrir la puerta, en invierno había dos calefac-
tores de esos que sueltan aire caliente y en verano dos
ventiladores. Y un sitio para la televisión, que en los primeros años de Ramón era pequeña, y luego más grande,

y luego más grande, y parecía que la tele iba ganándole sitio a la estantería hasta que todo el espacio fuera para ella sola. Había tantas cosas que lo difícil era que a uno le dejaran aire para respirar. Tal vez por eso, en cuanto se podía, ya en primavera, todos los vecinos se colocaban en la hora del atardecer asomados a la ventana, más que para ver nada, para tomar aire, porque todas las casas de los vecinos eran iguales a la suya, y las casas de sus amigos también. Y él no tenía, como casi todo el mundo en Vallecas, su familia del pueblo, su casa del pueblo con escaleras y patio y cambra. Él, Ramón Fortuna, de padres de Madrid y abuelos de Madrid, no había visto en su vida más que pisos pequeños que acumulaban muebles y obligaban a la gente a pasar la vida en las ventanas y en la calle. Todo era marrón en su casa, marrón el salón, donde pasaban la vida, y marrón su habitación, adonde le gustaba retirarse aun a riesgo de que su madre y su hermana se asomaran de vez en cuando a preguntarle: «Ramón, ¿te pasa algo?». Si echaba el cerrojo llamaban veinte veces: «No abras, hijo, no hace falta, sólo quería saber si estás bien». Por la noche, cuando ya las tenía a las dos acostadas y bien dormidas, Ramón sentía la libertad de meter la mano debajo del pijama y sentirse libre.

Sara estaba en la cocina preparando la comida, y cuando los vio entrar, miró primero a Marcelo, luego a Ramón y luego a Marcelo de nuevo, con una sonrisa estática, interrogante, como preguntándole a qué se debía esta visita. Pero Ramón no apreció este gesto porque estaba abrumado por aquella cocina tan blanca, tan grande y tan alegre, por el pasillo en el que pisaba una tarima de madera clara. El salón también era amplio, con estanterías pintadas en blanco y con los sofás blancos. El mantel ya en la mesa y los cubiertos colocados a cada lado de los platos y copas y unas flores. Jaime gateaba por su territorio, buscando los juguetes que estaban tirados por el suelo. Y Sara era tan guapa, tan distinta a las chicas como Jessi. A Ramón le pareció que aquel hombre que la tomaba por la cintura y la besaba en el pelo no era Marcelo. Daba la impresión de que aquí, en esta casa, el abogado se refinaba con el ambiente. A lo mejor a él le pasaba lo mismo. Se miró en el espejo del pasillo. El pelo un poco tieso, los ojos redondos, muy juntos, la misma cara de pardillo de siempre. No había manera, seguía siendo Ramón Fortuna, el asesino de Payaso Fofó.

—Nunca en mi vida he visto una casa tan bonita como esta.

Aquella noche fue él quien estuvo hablando todo el tiempo y Aníbal quien escuchó. Le habló de la comida, de los muebles, del pequeño cobertizo donde guardaban las herramientas para el jardín, de los cuartos de baño, de Jaime, de Marcelo en vaqueros. Y de pronto, se acordó de algo que le quedaba muy lejos en la memoria:

—Oye, ¿tú estabas con Vicente esta mañana en el hospital?

Sí, fuimos a ver a mi médico.

—¿Y qué te dijo?

—Pues que bien, que como siempre.

A Ramón no le extrañó que Aníbal fuera tan parco, porque él tenía otras cosas que recordar, cosas que le hacían feliz y a las que había pensado dedicar el tiempo hasta que se durmiera. Se veía viviendo en aquella casa, pensó en sí mismo tumbado en el sofá, desayunando en la cocina, pensó en Sara tal y como la había visto en el primer momento, ligeramente despeinada, con vaqueros y una camiseta debajo del delantal. Pensó en Sara, en el modo en que Marcelo la había besado el pelo. Y sin haberlo previsto sus manos se deslizaron debajo del pijama y se sintió volar.

Ocho

1 de diciembre. El último mes del año siempre le hacía pensar cosas. Era su mes melancólico, aunque él había decidido hacía tiempo que ese trabajo era incompatible con la melancolía. Ya eran cinco años, ahora tenía treinta y cuatro. Y en cinco años habían pasado ante sus ojos todas las variedades de la desesperación. Y aunque parezca extraño aquel 1 de diciembre, primer día del último mes, el de la melancolía, Vicente llegaba a la conclusión de que la experiencia no era nada, era arena que se escapaba entre las manos. Uno cree que sabe lo que hay que hacer cuando ingresa un chico que roba coches, que trapichea con droga, que ha robado a punta de navaja, uno piensa que sabe, que se puede hacer una clasificación de las personas por el comportamiento. Los psicólogos lo hacen y recomiendan tal trato o tal actitud con cierto chaval. Pero él sabe que no. Lo único que le dice la experiencia es que los actos se repiten pero las personas no. Uno tiene que aprender con cada chico que llega al centro como si no supiera nada.

El 1 de diciembre empiezan a ocurrir cosas, empieza a ocurrir que los desesperados, los abandonados, los que no tienen sitio, sienten que se acerca la gran fiesta de la

113

soledad, y que todo el barrio y toda la ciudad se van a vestir para recordarles la precariedad de sus vidas. El 1 de diciembre es el día en que un chaval como Aníbal necesita una respuesta a la pregunta que lleva haciendo desde hace más de quince días: «Vicente, ¿te quedarás aquí en Nochebuena?». Y Vicente, que ha pasado cinco años implicándose en las historias, a veces abocadas a un final fatal y otras simplemente pasajeras, de chicos que tropiezan en la vida casi sin haber tenido oportunidad de vivirla, y que sabe que uno debe olvidar una vez que sale del trabajo lo que hay dentro para mantener fuerte el ánimo, él que sabe todo eso desde el principio, siente que algo le ha tocado más hondo de lo que estaba previsto, que la llegada de Aníbal hace un año, enfermo sin saberlo, le ha desequilibrado hasta tal punto que estaría dispuesto a confesar que carece de experiencia. Han sido muchos días devolviéndole a la vida, dándole algo de salud para que viva tranquilo no sabe hasta cuándo. Ahora le pide que cene con él una noche, porque tiene miedo a ser devuelto a los buitres. Y le sigue por los pasillos como un perro que espera una caricia del amo. Los primeros días que pasó en el centro preguntaba constantemente por su padre, porque pensaba ingenuamente que iba a acercarse a darle las gracias. Su padre sigue en la calle, a un paso de la muerte. Vicente lo conoce, de otras veces. Y no quiere que se acerque al muchacho nunca más, y si pudiera, tampoco permitiría que se acercara su madre. No tiene tiempo de sentir piedad por ellos. Siente, eso sí, rencor, rencor porque durante trece años no supieron darle a sus hijos más que abandono y enfermedades. Y Aníbal fue encontrado en un poblado

114

buscando algo para que su padre aliviara el mono, y tuvo el valor de no delatarlo, de no delatar a quien le estaba tratando como a un perro. Porque los chicos quieren a sus padres, sean como sean, sobre todo cuando no han tenido oportunidad de conocer otra cosa. Aquí, en este centro donde los chicos llegan, están una temporada y se van, donde nadie tiene mucho tiempo de establecerse porque ya mismo se está yendo, y donde hay algunos compañeros, muy crueles, que se ríen de su debilidad, aquí Aníbal ha encontrado algo del cariño que no ha tenido nunca, y ese cariño se lo ha dado él, Vicente, él que sabe que no hay que engañar a los chavales con demostraciones de afecto excesivas porque no les pertenecen, pertenecen a sus padres, o lo que es lo mismo, no pertenecen a nadie. Pero este primero de diciembre, la melancolía le puede más que la razón, y sabe que dirá que sí, que cenará en el centro el día de Nochebuena, y que aunque no se lo haya confesado a nadie, seguirá los pasos futuros de Aníbal como algo personal, como algo propio.

Algo pasa este año para que los alumnos que pueden marcharse no quieran hacerlo. Ramón Fortuna no quiere volver a casa. En realidad, nadie le ha dicho: «Mira, que te tienes que ir», pero la situación comienza a ser ilógica, él tiene una buena madre, una familia, ¿qué hace un joven perdiendo la vida en un centro de menores cuando no ha hecho más que tener mala suerte? Aníbal y él pasan el día juntos. El Chino se desespera de celos y de envidia, y de vez en cuando se escapa sin su permiso a ver al Francis al otro centro.

Ayer acompañó a Aníbal y a Fortuna a la pajarería. Había una camada de perrillos en el escaparate. Fortuna tuvo muy claro cuál quería, ya lo había elegido el día anterior: «Ese, el de la mancha canela en el ojo». Llamaron a la hermana para que consiguiera que la casa estuviera vacía, y cuando lo estuvo, los dos chicos subieron corriendo, le dejaron el perro a Gloria y bajaron también muy deprisa para no ser vistos. Fortuna había gastado sus ahorros en un perro para la vecina, pero no quiso ver su cara al recibirlo. Quiere pedir perdón, quiere ser perdonado, pero no quiere volver a ver rostros que le recuerden aquello que pasó. Y mientras los dos viven en un tiempo regalado e irreal dentro de sus propias vidas. Sin ir al Instituto, sin estar entre los suyos. Y me llevan a su irrealidad cuando yo no soy más que un asistente social mal pagado y con un defecto imperdonable: la melancolía, que se acentúa con la cercanía de la gran fiesta de la soledad.

Nueve

La secretaria asomó la cabeza para decirle:

—Marcelo, Gloria Fortuna, que quiere hablar contigo. Y Marcelo hizo el ademán de coger el teléfono.

—No, no está al teléfono, está aquí.

—¿Aquí? Que pase.

Al principio se quedó perplejo pero luego pensó que venía para hablar de los honorarios. ¿Cuánto se cobra por esto? Hacía tiempo que había llegado a la conclusión de que no podía cobrar nada, pero también le resultaba incómodo que no le admitieran ese favor a la primera y tener que discutirlo. A lo mejor era más cómodo para él pedirles un dinero simbólico. Para que se quedaran tranquilas. Gloria entró. No tenía el aspecto casero y vulgar de cuando la había visitado en su casa, probablemente era de esas mujeres que van conservando la ropa vieja para disfrazarse en casa con ella. No sabía si era su imagen habitual o si se había arreglado así premeditadamente para ir a verlo. Tenía delante a una mujer vestida con un traje de falda y chaqueta gris, medias negras, zapatos de tacón. No era delgada pero tenía un cuerpo atractivo y la cara, como siempre, a pesar de los labios pintados de un color fuerte, contrastaba con el cuerpo. Aquella cara muy infantil, achinada, de una dulzura que la hacía parecer una criatura desamparada.

—Todo se acaba, Gloria. Hemos tenido mucha suerte.

—Para mí todo empieza ahora —miró al suelo.

En ese momento sonó el teléfono. Marcelo estuvo unos tres minutos hablando con un cliente. Mientras observaba cómo Gloria se miraba las uñas con una actitud mucho más grave de la que nunca había tenido, incluso las primeras veces que habló con ella, cuando el momento era mucho más difícil. Colgó el teléfono y la miró.

—Si quieres vamos a otro sitio. Aquí no me van a dejar hablar.

Entraron en el pub Dickens, un lugar que había debido de tener pretensiones de pub inglés, con paredes forradas de falso nogal y farolillos dorados que llevaban grabado con unos números muy historiados: *Pub Dickens, 1978*. La moqueta y los sillones también debían de ser de aquel año porque estaban plagados de rotos y de quemaduras de cigarrillos. Parecía en definitiva un sitio de esos donde los oficinistas de la zona iban a meterse mano con las novias clandestinas antes de marcharse a casa. En un rincón una pareja hacía lo propio. Marcelo se vio en la obligación de justificarse delante de Gloria.

—No, no importa, aquí estamos tranquilos.

—Bueno, ¿qué pasa?

—Sabes que Ramón no quiere volver a casa.

—Sí me ha contado que quiere quedarse estas fiestas en el colegio. Ha hecho allí un buen amigo. No ha sido para él una mala experiencia. Es un chico mucho más fuerte de lo que parecía...

—Marcelo, la verdad es que Ramón no quiere volver a casa nunca más.

—¡Qué tontería! ¿Te lo ha dicho?

—No me lo ha dicho pero lo sé, lo sé mejor que nadie.

—Pues con quince años me dirás dónde va, ¿qué quieres, mantenerlo indefinidamente en un ambiente que no es el suyo? Ramón no es un chico marginal como los otros que están con él en el colegio. Es un chico de lo más normal del mundo.

—Ese es el problema cuando un adolescente de lo más normal del mundo da un mal paso que puede cambiarle la vida para siempre.

—No exageres, por Dios. Ramón volverá a casa y al principio provocará cierta curiosidad en los vecinos, pero la costumbre de verlo hará que la pierdan. Gloria, se fue al centro por unos días y lleva allí más de un mes y medio.

—Marcelo, yo sé lo que es sentirse observada, cometer un error a los catorce años y convivir con él porque sabes que la gente lo sabe, sabes que te darás la vuelta y todo el mundo hablará de eso que tú quieres olvidar —Gloria abrió su bolso y sacó un papel, se lo dio a Marcelo—. Léelo.

—Es una partida de nacimiento, de Ramón.

La voz de Gloria sonó seca y grave.

—Lee el nombre de la madre.

Marcelo lo leyó una vez, y tuvo que volver a leerlo como si no acabara de entender lo que veía.

—¿Esto es así, es verdad?

—Sí, es verdad, Ramón es mi hijo. A los catorce años me quedé embarazada, embarazada de una sola vez,

Marcelo. ¿Puedes imaginarte lo que supone con catorce decirle a tus padres lo que te pasa? Me sacaron del barrio, las hermanas Echevarría nos prestaron un piso que tenían vacío en el barrio de Tetuán, en la otra punta, para que nadie me viera. Tuve al niño con quince años y volvimos al barrio, pero cuando el niño entró en nuestra casa ya llegaba en brazos de mi madre. ¿Tú crees que los vecinos se creyeron toda la mentira urdida por mis padres? ¿Crees que no supieron desde el principio que era yo quien lo había parido? No me ha faltado cariño, ni a Ramón tampoco, no se trata de eso, se trata de que esa mentira crece día a día, llevo conviviendo con ella quince años. Durante quince años me han robado la posibilidad de ser valiente porque simularon que nada había pasado.

—¿Has pensado en decírselo algún día?

—Ya no sé lo que tengo que hacer. Todos sabíamos que algún día tendría que enterarse. Más tarde o más temprano uno tiene que pedir una partida de nacimiento... Puede que incluso uno no se fije, no repare en lo que parece obvio, pero por alguna razón casi todo el mundo se detiene a mirar en qué hora vino al mundo, dónde, y quién lo trajo. El día de contarle a Ramón la verdad se ha atrasado demasiado, en realidad nunca hubo por qué mentirle. Y nunca hubo por qué someterme a mí a mantener un secreto que todo el mundo sabía. De pronto en nuestra vida se produce algo que nos da terror: Ramón se ve implicado en un suceso terrible. Y el gran secreto está en boca de todos, de nuestros amigos, de los vecinos, de nuestra familia, de nosotros mismos que pensamos inmediatamente que tenemos alguna responsabilidad en lo que ha sucedido. Todo el mundo lleva compadeciendo a Ramón desde que llegó a su casa, todo el mundo parecía esperar que ese chico no fuera normal.

—Y ahora, ¿qué quieres hacer?

—Tener el valor de ser su madre. No quiero que vuelva a un lugar que le es tan ingrato. Buscaré la forma de que viva en otro barrio. Me da igual que mi madre se dé con la cabeza contra las paredes. ¿No decidió ella sobre mi vida? Yo decidiré sobre la de mi hijo. A veces los padres te quieren tanto que te arruinan la vida, y a mí, de alguna forma, me la arruinaron. Llevo oyendo suspirar a mi madre muchos años, es la bondad sufriente, la que va de un lado a otro del pasillo. Pude casarme hace cinco años pero me partía el corazón dejar a Ramón, tenía sólo diez años. ¿Qué madre deja a su hijo de diez años? Cuanto más me obligaban a participar de esa farsa, más he deseado yo ser su madre.

—No sé lo que decirte, Gloria, no sé qué consejo darte, si es que has venido a eso. Creo, eso sí, que esto complica muchísimo las cosas. Yo no tengo mucha fe en los psicólogos, pero quizá sería bueno consultar con la psicóloga del centro.

—No me extraña que no tengas fe. Yo soy psicóloga, hago selección de personal en una empresa —por primera vez, Gloria sonrió—, y no sé si seleccionaría a una persona como yo.

—¿Así que a mí me tiraron en las pruebas de mi primer trabajo por gente como tú? —le dijo Marcelo para aliviar un poco la conversación.

—Los psicólogos también nos equivocamos, Marcelo —inesperadamente Gloria le cogió la mano—.

Me alegro mucho de haberte encontrado de nuevo, aunque haya sido por todo este desastre. Te has portado como un verdadero amigo.

Y Marcelo supo que si hubiera querido habría podido besarla.

TERCERA PARTE

Tengo que irme

Uno

Debían decírselo después de las Navidades, así les había aconsejado la psicóloga. En realidad no cambiaba mucho unos días antes o después, pero no convenía cargar estas fechas de grandes noticias. Bueno, este consejo podría servir para cualquiera, es un consejo que puede dar cualquier persona sensata, no hace falta tener ningún título de psicología, y sin embargo, qué pasa para que estos días provoquen un deseo de expulsar los secretos, los rencores almacenados durante mucho tiempo o la nostalgia, simplemente la nostalgia hacia todo lo que se ha perdido. Mejor después de las vacaciones.

—No pasa nada porque le dejemos vivir esta infancia extraña que está compartiendo con su amigo Aníbal —les dijo la psicóloga a Gloria y a Marcelo—. Ninguno de los dos tiene ganas de que su vida cambie, así que, si tiene que cambiar, dejémosles que disfruten de unos últimos días. No hay estudios, no hay familia cerca, estamos en un territorio no amenazado por las cosas que nos provocan miedo, ¿a quién no le hubiera gustado en cualquier época de su vida tomarse unas vacaciones, no ya para descansar del trabajo, sino para descansar de la propia vida? Es algo así como quitarse el traje de uno

125

mismo. Y después tendréis que dejarlo crecer, estoy de acuerdo, dejarlo respirar. Es un chico apocado, y la gente apocada siempre guarda dentro demasiada furia. Y no es raro que sea así porque al fin y al cabo ha sido un niño educado por su abuela, y los abuelos, Gloria, están para malcriar, no para educar. Tiene quince años, es posible que no se reponga nunca de la noticia que vas a darle, pero es mejor que la oiga de tu boca. Tú ya no eres la niña de catorce años que quedó embarazada, ni la adolescente de quince que renunció a su hijo para que sus padres no se avergonzaran, eres una mujer de treinta años, y aunque el error no fuera tuyo, sino de tus padres, él te va a culpar a ti más que a nadie.

La psicóloga, Marcelo, su nueva madre, todos hacían planes de cómo debía desarrollarse su nueva vida; Vicente también sabía, según él no era disparatado que seis chicos, muy elegidos, pudieran aspirar a convivir en un piso independiente.

Y Ramón vivía, como siempre había sido, al margen de lo que todos sabían. Lo mejor de aquella noche era que había borrado todos los ecos del pasado. Ramón y Aníbal se arreglaban en su habitación para la Nochebuena y ninguno de los dos dedicó un momento a pensar en las cosas que los habían llevado hasta allí. Vicente les había dicho por la mañana que ya que la cena iba a ser especial sería de agradecer que se arreglaran un poco. Ramón le prestó a Aníbal su sudadera azul marino de Reebok, y él se puso una gris que le había comprado su hermana cuando los llevó a él y al gordo de Minnesota al concierto de Extremoduro, y que no se había puesto casi porque llevaba escrito *Iros todos a tomar por culo*, y su madre no se acababa de acostumbrar a que saliera a la calle con eso escrito. Se untaron en el pelo un kilo de gomina que le habían comprado a Patricio, un tío de la habitación de al lado, que a la vuelta del Instituto te traía todo lo que quisieras, y te lo dejaba tirao de precio. Esa tarde había llamado a la puerta y asomando la cabeza había dicho:

—Aquí está Patricio, el Choricete. Como Vicente se entere de que os he traído la gomina os corto los huevos. Son trescientas pelas por ser vosotros.

—Al Chino se la vendiste ayer por doscientas, que nos lo ha dicho —dijo Aníbal.

—Tú no te creas nada de lo que te diga el Chino que es un capullo. Como le digas al Chino que he dicho que es un capullo te corto los huevos.

Patricio se presentaba siempre como el Choricete, pero el mote no era invención suya, venía de que un día Vicente estaba intentando defenderlo de otro chaval y le dijo: «No es chorizo», y el otro le gritó: «Entonces, ¿cómo se le llama a un tío que me ha quitado mil pelas de la mesilla?», «pues... choricete, Patricio es un choricete». Y con Choricete se había quedado. No era un tío peligroso, lo único que había que tener cuidado con lo que uno se dejaba en la habitación, porque desde luego, si estaba en sus manos, te lo birlaba. Él decía que la psicóloga le había justificado diciéndole al fiscal que era un cleptómano, pero el caso es que cleptómano o no Patricio tenía en el colegio un negocio redondo. También se había quedado aquella noche a cenar porque su padre, que también era un cleptómano, estaba en la cárcel, y su madre estaba hasta las narices de tener un marido así y un hijo así como el padre, y hacía tiempo que estaba perdida.

Patricio, el Chino, Francis, que le habían dejado ir esa noche, Vicente, Aníbal, uno que se llamaba Zarzo y otro que se llamaba Sanchís y que le llamaban Silvester porque era igual que Schwarzenegger (el tío que le puso el mote confundía a los dos actores). Esos eran los comensales de la mesa de Ramón Fortuna.

—Bueno, ¿qué os ha pasado en la cabeza? —les preguntó Vicente después de mirarlos a todos y ver que tenían el pelo o completamente brillante y hacia arriba o completamente brillante y hacia atrás—. Estáis guapísimas, estoy emocionado, de verdad.

—Qué gracioso, Vicente, qué gracioso. Tú estás igual de feo que siempre —le dijo alguien.

De la mesa de al lado se levantó un monitor. Dio con un cubierto en el vaso y los chicos se fueron callando poco a poco.

—Como veis esta noche hay un menú especial. Preferiríamos que no acabarais demasiado animados. No se pueden utilizar los entremeses como armas arrojadizas, y menos los tres langostinos que hay en cada plato que han costado un huevo...

—¿Y de quién era el huevo? —gritó uno. Todos se echaron a reír.

—El huevo era mío, pero me queda otro, no te preocupes. Que disfrutéis de la cena. Y espero que el próximo año hayáis abandonado el centro y Vicente y yo estemos con nuestras novias que son bastante más guapas que vosotros.

Un aullido general dio por terminado el discurso. La cena empezó relativamente bien y acabó, como era de esperar, con comida por los aires lanzada de una mesa a otra. Sanchís le pidió a Vicente que le dejara contar a Patricio cómo había robado la tostadora de El Corte Inglés en los mismos morros del dependiente. Vicente se negó dos veces. «Por favor, Vicente —le rogó Sanchís— que es Nochebuena». Y Patricio, que además de ser cleptómano era un excelente propagandista de su vicio, contó, empleando las viejas técnicas narrativas del suspense, cómo un colega suyo había llevado la tostadora hasta la planta baja, cómo había simulado que se la metía en la chupa, y cuando había conseguido que el guardia de seguridad le pillara, no había nada debajo de la chupa y ahí estaba Patricio pillando la tostadora y saliendo por la puerta de Sol, como los toreros. Y el Chino y Francis contaron lo de las dos pibas y lo de los coches y lo del deshueve y lo de la foto. Y Sanchís contó lo de la pelea con tres pijos de Pachá, y fue entonces cuando el Chino dijo:

—Y ahora que cuente Ramón lo de los muertos.

—No te pases de listo, Antonio —le dijo Vicente.

—¿Y por qué tenemos todos que hablar y él siempre tiene que callarse?

—Nadie te ha pedido que cuentes tus batallitas, las has contado porque tú has querido —Vicente bajó la voz y habló despacio, midiendo las palabras—. Te lo vuelvo a repetir: tengamos la fiesta en paz.

Ramón sabía que el Chino se la estaba guardando desde que llegó al centro, no sabía por qué, pero sabía que se la guardaba, no sabía que el Chino notaba que Ramón se movía con ciertos privilegios en aquel ambiente, tampoco el Chino hubiera sabido describir muy bien en qué consistía su desconfianza hacia aquel chico que despertaba la compasión de todo el mundo. Vicente sabía descifrar qué es lo que había debajo de aquellos celos, era el rencor del que sabe que su vida no va a ser más que una sucesión de desastres hacia el que lleva escrito en la cara que puede salvarse. Era el rencor del que no ha despertado nunca ternura, porque por no ser no es ni débil, hacia el que puede tropezarse porque habrá varias manos que le ayudarán a levantarse. Vicente había tenido ya a varios como él, incapaces de hacer una caricia ni de aceptarla, rencorosos luego de las atenciones que reciben otros. Había, aunque él nunca lo supiera y aunque nunca sería capaz de verbalizarlo, una rabia social, la rabia del marginado que no despierta piedad ni simpatía.

La frontera entre la armonía y el desastre era muy estrecha, y Vicente intentó aplacar la violencia que había ya por debajo de algunos gestos. Hablaron un rato de lo que deseaban para el próximo año. Silvester (Sanchís) dijo que él seguiría preparándose para que le hiciera una prueba el *manager* de Poli. Un tío que paraba por el Bar El Velero le había dicho que el *manager* de Poli se había dejado caer por allí, pero que Poli ya no estaba ni para pegar a su novia, así que estaba buscando a algún chico, un sucesor, dijo. En el bar ya tenían el teléfono del centro y le habían prometido que si el tío volvía se lo daban. Se llamaría Silvester, el Rayo de la Albufera, así mataba dos pájaros de un tiro, nombraba su calle y nombraba el equipo. «A mí no me gusta el boxeo, Sanchís, pero si el Rayo de Vallecas pelea, espero que te acuerdes de mí», le dijo Vicente. Patricio dijo que en cuanto que saliera de ahí se pitaba con su abuela a la charcutería que tenía en Cuenca. El Chino le corrigió: «A la carnicería, tú me

130

dijiste que tu abuela era la carnicera». «Como vuelvas a decir que mi abuela era la carnicera te corto los huevos.» Zarzo tenía que acabar electricidad, porque lo había dicho su madre y porque tenía que limpiar el Instituto durante un año. «Así son las cosas, Zarzo, la próxima vez que te entren ganas de destrozar tres clases del Instituto, pensarás que luego te va a tocar a ti arreglarlo.» «Pues eso no se lo hacen a todo el mundo, Vicente el Jari rompió no sé cuántas cabinas y no ha tenido que pagar.» «Es que tú vas a ser un ejemplo para toda España, Zarzillo», le dijo el Rayo de Vallecas. El Chino y el Francis querían montar un garito de copas en Entrevías con un coleguita que tenemos allí que ya tiene la mayoría de edad. Nosotros se lo curramos y luego le damos una pasta. «Le engañamos con las cuentas», dijo el Francis deshue-vándose como en la foto. Ramón estaba viendo que esta vez no se libraba, que tenía que decir algo: «Es que no sé lo que voy a hacer, no creo que vuelva al Instituto este curso, no sé...», Aníbal dijo: «Pues te quedas aquí conmigo hasta el año que viene». El Chino imitó la voz un poco infantil de Aníbal: «Pues te quedas aquí conmigo hasta el año que viene. Ten cuidado, Fortuna, que ese te pega algo de lo que tiene». «No te pases, Chino», le dijo Patricio. Fue el único que se atrevió a hablar, los demás esperaron en silencio a que pasara algo. «Qué pasa, tampoco he dicho nada, lo único que le he dicho a Fortuna es que tenga cuidado», Vicente lo interrumpió.

—Pídele perdón.

—¿A quién, a Fortuna? —ahora contestaba como si le estuvieran riñendo injustamente, como si fuera inocente.

—No te pases de listo. Pídele perdón a Aníbal.

—Pero si yo no le he dicho nada a él. Siempre hay que estar cogiéndosela con papel de fumar con el niño este. Encima de que siempre estoy a su lado como si nada.

—¡Pídele perdón, pídele perdón, pídele perdón! —cada vez que repetía la frase daba un puñetazo en la mesa.

Todo el comedor quedó ahora en silencio. Otro de los monitores se acercó al sitio de Vicente y le puso una mano en el hombro.

—No importa, no importa —dijo Aníbal empezando a llorar asustado.

—Jodé, Vicente —el Chino hablaba ahora muy nervioso, con la barbilla un poco temblorosa—. Jodé, Vicente, si no he dicho nada.

—Pídele perdón.

—Si sólo le he dicho...

—¡Vete a tu cuarto! —le gritó Vicente—. ¡Vete a tu cuarto!

El Chino se levantó, dio un manotazo a la silla y esta cayó al suelo. Luego se acercó hasta a Aníbal y le dijo al oído:

—Ojalá te mueras el año que viene.

Vicente no pudo oírlo, pero Ramón que estaba sentado al lado de Aníbal se levantó como una fiera, la vista se le había nublado, no tenía más que una superficie metálica delante de los ojos y el cuello del Chino entre las manos. Le apretaba con una violencia y una fuerza que él desconocía en sí mismo. Sentía ahora el cuerpo del Chino debajo de él, en el suelo, y su respiración entrecortada unida a la suya y las manos de su enemigo apretándole insoportablemente las costillas. Alguien tiró de él hacia atrás.

—¡Casi me mata, casi me mata, lo juro, que casi me mata! —el Chino gritaba trastornado, sin poder controlar su voz.

Alguien se llevó a su enemigo. Alguien acompañó a Ramón a su cuarto. Alguien puso una pastilla en su boca y le dio agua. Sentía que el aire no le llegaba bien a los pulmones, que el corazón estaba como loco. Al cabo de un rato la niebla había desaparecido, la taquicardia estaba cediendo y respiraba. Aníbal lo miraba, sentado en la cama de al lado.

—Yo me alegro —le dijo.

Ramón se le quedó mirando sin entender.

—He estado soñando un año con que alguien hiciera eso con el Chino. Mientras tú estés aquí no se atreverá a meterse conmigo. Ahora que cuando tú te vayas...

—Yo no sé qué voy a hacer.

—Te has puesto como loco, tío. Hasta Silvester estaba acojonao —Aníbal se empezó a reír muy bajito—. Y empieza el tío: ¡Casi me mata, casi me mata!

Ramón sonreía, todavía aturdido, sin saber si era lógico que él también se riera.

—Ramón..., ¿a ti no te importa... que yo esté enfermo?

—¿A mí? Claro que no. Eres mi amigo.

—Pero ¿sabes de qué estoy enfermo?

—Sí, lo sé.

—Pero dice el médico que ahora ya no te mueres como se morían antes, que ya no es lo mismo.

—Pues claro que no te mueres, tío, no digas tonterías.

—Mi padre lo sabe, y no ha venido a verme, y eso que es él el que tiene la culpa.

Dos

Varias veces se cruzaron a la mañana siguiente Ramón y el Chino, en el desayuno y el servicio del pasillo, pero los dos sabían que tenían sobre sus espaldas las miradas vigilantes de los monitores y que cualquier principio de pelea les enviaría inmediatamente al cuarto, así que hicieron como los perros, se gruñeron sordamente, con el fin de dejar claro que ni se caían bien ni había posibilidad de arreglo.

El día de Navidad muy pocos internos quedaban dentro. Habían conocido a la abuela de Patricio, que había viajado desde Cuenca para ir con su nieto hasta Soto del Real, donde estaba preso el padre del chico. Después se lo llevaría el resto de las vacaciones a Cuenca. A Silvester lo fue a buscar su padre, que no parecía su padre porque era un hombre diminuto, nada que ver con los músculos del bestia de su hijo. Silvester contó, allí mismo, en el recibidor, delante de su padre y de Vicente, que una vez salía con su padre del cine, y como el padre le había pasado la mano por encima del hombro, alguien desde un coche les gritó: «¡Maricones!». Silvester se partía el pecho contándolo, pero su padre siguió en silencio, tímido y pequeño, sin saber cómo reaccionar. La madre de Zarzillo le impresionó a todo el mundo porque era muy joven y bastante guapa, y encima maestra, cosa rara porque las madres solían estar en casa, o ir a hacer horas por las casas, aparte, claro, de alguna yonqui (como la de Aníbal), o de alguna que no sabía ni dónde estaba (como la de Patricio). Hasta Francis y el Chino se marcharon. Se fueron a su barrio, a San Blas, Francis comería con sus padres en el bar y el Chino en la tienda de mármoles de su padre enfrente del cementerio de la Almudena. Allí el padre lo recibiría con algo parecido a un gruñido, se irían a la trastienda, calentarían las sobras de la Nochebuena, y soportarían la espesura del silencio rodeados de lápidas y de inscripciones que prometían el amor eterno de padres a hijos, de hijos a padres, de viudos y de viudas. Tal vez el padre tuviera una ligera tentación de ejercer su papel y le diría como ya había hecho algunas veces:

—¿Qué, te mejoran o no te mejoran?

—Ya me porto bastante bien.

—¿Y qué piensas hacer en la vida?

El Chino se encogía de hombros.

—A casa vienes si te pones a trabajar aquí como yo, como un negro. Yo a vagos no mantengo, ya lo sabes. Y Puri menos. Si te hubieras portado como un hombre no estaríamos aquí los dos muertos de asco.

Muertos de asco, así estaban siempre. En la tienda o en la casa, donde Puri, la mujer de su padre, había dejado bien claro que ese hijo de puta macarra no iba a amargarle la vida, que no quería que su hijo se criara al lado de un drogadicto. Y todo porque les había pillado al Chino y a su hermanastro liando un porro en el cuarto.

Las culpas para el Chino, claro. La hostia de su padre para el Chino, y la calle para el Chino. Muertos de asco, ese sería un buen nombre para el negocio de su padre. Se llamaba *El Descanso Eterno*, el descanso que sentían cada vez que se separaban el uno del otro. ¿Trabajar el Chino en la tienda de su padre? Lo último que haría en su vida.

El Chino saldría por pies de la marmolería y se iría a buscar al Francis al bar, lo esperaría en la puerta porque a los padres de su colega no les caía muy bien.

—Es que no te conocen, si te conocieran mejor sería distinto. Ellos se creen que eres un tío peligroso.

Cómo lo iban a conocer si no lo dejaban pasar. Tampoco llegó a conocerlo Faustino, el director del colegio, que le echó del colegio porque mordió al hijo del conserje. Casi se le lleva una oreja, sí, pero el otro se lo había buscado, le dijo que olía a muerto, y eso sí que no. El que lo busca lo encuentra.

El Francis saldría del bar, se largarían a Entrevías a ver si el local seguía en su sitio, y luego al colegio, a verle el careto a Vicente, que últimamente le tenía negro. Cómo se había puesto con él la noche anterior, y el que lo enreda todo por debajo es el Fortuna, porque Aníbal no tiene dos hostias. Pero no podía ponerse muy chulo porque si le echaban del colegio, ya sí que no le quedaba otro sitio donde ir.

Vicente le recordó a Aníbal, ya en la puerta, que tenía que abrocharse la chupa. Y Aníbal y Ramón entraron al metro camino de Portazgo, donde les estaría esperando Gloria. Aníbal fue hablando todo el camino. Al principio habló de lo raro que era Vicente. Esa misma mañana se había acercado él a decirle que muy bien lo de la noche anterior, lo de los puñetazos en la mesa y los gritos y tal, y Vicente le había dicho:

—Aunque te resulte difícil creerlo, el Chino es mucho más digno de compasión que tú.

Eso le había dicho. A Vicente no había quien le entendiera, cuando más creías que estaba de tu parte, entonces daba un rebote, y se ponía de parte del otro. Bueno, fuera como fuera, ese era el día más feliz de su vida porque alguien había tirado al suelo a ese cerdo.

Era el día más feliz de su vida en un sentido mucho más amplio. No recordaba ninguna Navidad parecida a esta. Recordaba vagamente, eso sí, los cinco primeros años de su vida, que vivió con su abuela en Palomeras, y con su hermano pequeño, pero luego la abuela se murió y Ulises y él volvieron al piso de San Marcos con sus padres. Ulises debía de tener tres años aquel día de Navidad en que entraron con sus padres a un bar cerca de casa, les dijeron que podían pedir todo lo que quisieran, y que ellos volverían dentro de un rato. Al principio lo pasaron muy bien. El bar estaba hasta arriba de gente y el dueño les servía todo lo que pedían. Pidieron dos o tres coca-colas cada uno, aceitunas y boquerones en vinagre y patatas bravas; pero el tiempo fue pasando pasando, llegó la hora de la comida, el bar estaba ya vacío, y el dueño empezó a preguntar por sus padres. «Que ahora vendrán», él repitió lo que sus padres habían dicho. El dueño echó el cierre. Les dejó la tele puesta, y se metió para dentro con su familia a comer. Les dejó dos pinchos de tortilla pero Ulises no quería y se puso a llorar porque le dolía la tripa. Allí estuvieron, solos, las dos horas en las que la familia del bar estuvo comiendo. Se les oía hablar y brindar y reírse. Ulises se quedó dormido apoyado en la mesa y él se vio una película de un esclavo muy valiente que no quiere ser gladiador y se rebela contra los romanos y al final muere. Pero la película acabó, Ulises se despertó y los dos se quedaron ya sin saber qué hacer sentados frente a frente en la mesa. Allí habrían seguido a no ser por que el dueño llamó a la policía y la policía los llevó a dormir esa noche a una casa de las afueras de Madrid, donde había otros niños. A Ulises no lo veía hacía tres años, porque estaba en casa de una familia que lo había adoptado. Los podían haber adoptado a los dos, pero como él estaba enfermo, se quedó en la casa de los niños. Luego su padre fue por él y vivió dos años con ellos, en una habitación de la calle Loreto y Chicote. Entonces fue cuando empezó a acompañar a su padre al poblado a pillar, y luego ya él solo. No podría contar muy bien lo que hizo esos dos años, porque no hizo casi nada. Esperarlos y esperarlos. Pasarse las horas muertas en la habitación. La dueña de la pensión decía: «Voy a denunciar a tus padres por no llevarte a la escuela», pero nunca los denunciaba. Cuando llegaban se quedaban dormidos enseguida, y alguna vez se ponían diciéndole que mirara para otro lado. Al principio echaba de menos a su abuela y a Ulises, pero se cansó de echarlos de menos. Un día que su padre estaba en la cama temblando por la fiebre le mandó al poblado a que le pillara algo. Le dio dinero para un taxi, aunque el taxista le dijo que él le dejaba a doscientos metros del poblado, que se le quitara de la cabeza la idea de que le iba a llevar hasta allí. Anduvo un buen rato, y cuando se fue acercando se encontró a todos los de siempre, dando vueltas por allí con la espalda encorvada. Le salieron varios por el camino ofreciéndole, pero él siguió las recomendaciones de su padre: «Tú sólo le compras al Sastre, que ya te conoce y sabe que es para mí». Encontró al Sastre, y cuando ya estaba a punto de comenzar el camino de vuelta, orgulloso como cualquier niño que ha hecho bien su recado, la policía entró en el poblado y al primero que pillaron fue a él porque la mayoría, no sabe cómo ni dónde se metieron pero habían desaparecido. Le preguntaron por sus padres, en el coche, en la comisaría, en la fiscalía, en el centro, pero se cansaron de preguntarle porque él nunca se ha chivado ni se chivará de nadie. Su madre de vez en cuando aparece, y habla con el director del centro. Su padre nada. Le gustaría que su padre fuera Vicente y cree que poco a poco le está convenciendo, aunque de vez en cuando tenga rebotes como los de esta mañana. Si Ulises sigue con esa familia a lo mejor un día se hace rico y pueden vivir los dos juntos. Pero eso hoy no le importa, no siente nostalgia como el año pasado de ese hermano del que no se acuerda ya casi ni de cómo es su cara; no le importa porque ahora va en el metro con su amigo Ramón, que lo lleva a comer con su madre y con su hermana a La Casa del Dragón, a un chino, y él no ha estado nunca en un restaurante chino, ni tan siquiera en un restaurante, lo único que ha probado son las tapas de los bares que había por la calle San Marcos.

Fortuna también está contento. Siente un estremecimiento cuando llegan a Portazgo. No ha estado en su barrio desde que le llevaron el perro a la Eche-viva.

Su madre le dijo el otro día por teléfono que la Eche se había emocionado con el regalo y que le había devuelto las ganas de vivir. Además que el perrillo le había salido menos atravesado que el Kevin, que era un santo, y que dormía con ella en la habitación, en la que había sido la cama de su hermana, porque así, quieras que no, se le quitaba la imagen horrible de una cama vacía. Ya sabes cómo es de madraza Milagros con los perros, le dijo su madre.

La Avenida de la Albufera estaba desierta. Era raro verla así, con todas las tiendas y los bares cerrados. Parecía que hubiera caído una bomba de esas que sólo acaban con la vida humana. Ramón esperaba no encontrarse a nadie conocido, porque no sabía muy bien qué tenía que contestar cuando le preguntaran cómo se sentía, si debía mostrarse afligido o contento. Vio de lejos la figura de Gloria, en la esquina de la avenida con la calle de la Concordia, con las manos uniendo las solapas del abrigo porque hacía mucho frío y sus ojos de miope, un poco guiñados, distinguiéndolos ya, y sonriendo.

Los besó y se metieron corriendo en La Casa del Dragón. A Ramón le hizo gracia ver a su madre sentada en un rincón de aquel chino, teniendo como tenía a sus espaldas una gran figura de un Buda sentado que echaba agua por la boca y la recogía entre las piernas. Una canción china animaba el ambiente que estaba muy poco animado. De momento eran los únicos que habían decidido celebrar la Navidad en La Casa del Dragón. Durante la comida Ramón cortó varias veces a su madre que se estaba mostrando demasiado compasiva con Aníbal, aconsejándole que quitara los hielos a la coca-cola o diciendo cada dos por tres: «Hijo mío, qué no habrás pasado tú». Gloria intentaba hablar de cosas normales, pero era difícil porque por unas razones o por otras la vida de los cuatro estaba infectada de anormalidad. El más feliz, el más relajado era Aníbal, que hablaba de su vida en el centro, de Vicente, de los dos únicos años que fue al colegio o de la habitación de Loreto y Chicote como si fuera moneda común. También habló de sus dientes nuevos. Los enseñó. Ellas los elogiaron. Habló del oculista, del dermatólogo, del otorrino, de todos los médicos que le habían tratado en este último año aunque no dijo qué enfermedad padecía y nadie se lo preguntó. Tenía la habilidad de despertar compasión en los adultos, su paso por los ambientes de la marginalidad no le había arrebatado de ese encanto con el que algunos chicos se ganan a las madres de sus amigos, y al final de la comida, tanto Gloria como su madre estaban convencidas de que el amigo de Ramón era muy buen chico.

—Ramón —le dijo Gloria a su hermano al terminar de comer—. ¿Quieres enseñarle a Aníbal dónde vives?

Ramón se quedó sin saber qué contestar.

—Es un rato, luego os vais al cine.

—Además tiene que llevarse las fotos de Marcelo y de papá, que mañana se pasa Marcelo por el colegio y le prometí que se las tendría buscadas.

La madre de Ramón y Gloria fueron andando delante de ellos. La madre apoyándose en el brazo de Gloria, cojeando un poco, muy torpe. Por el camino se encontraron con Mapi, la del kiosko.

—Ya vuelve el chico... —le dijo a su madre con una sonrisa. Luego se dirigió a él y le susurró confidencialmente—. A ver cómo te portas, que tu madre tiene mucha pena. A ver cómo te portas.

Ramón sintió que la sangre se le iba a la cara, y que se había puesto colorado. No dijo nada. Procuró no mirar a ningún sitio cuando subieron la escalera. No mirar en el rellano de las Eche. Y no pensar en nada cuando entraron en casa. Aunque las imágenes volvían de vez en cuando. Valentín tirado en el suelo. La otra histérica gritando. Su rostro lleno de sangre en el espejo. Gloria entró en la habitación y se puso enseguida un chándal y unas zapatillas de andar por casa. La madre se sentó en el sofá y le dio el mando a distancia a Aníbal como haciéndole entrega de las llaves de la casa:

—Ponte tú lo que quieras, hijo mío. ¡Gloria, sácales a los chicos una bandeja de turrón! Este año con todo lo que ha pasado ni lo hemos partido. Están pasando las Navidades que ni nos estamos enterando —no hablaba para nadie, hablaba para ella misma—. A ver si el año que viene las cosas se arreglan porque esto no es vida.

—Mamá, cállate, no empieces —le dijo Gloria cortante.

—Ya no digo nada. Últimamente cada vez que hablo me mandas callar, no sé lo que he hecho.

Gloria se fue a la cocina a preparar una bandeja de turrón. Llamó a Ramón para que fuera a hablar con ella.

—Ramón, cuando pasen las Navidades hablaremos del futuro, de lo que vas a hacer, de lo que quieres hacer.

—Vale —no tenía muchas ganas de hablar ahora de nada.

143

—El otro día fui al Instituto, el director me dijo que si quieres puedes volver. El día 8 de enero puedes volver si te apetece.

—Todo el mundo me va a preguntar, me va a mirar —Ramón se sentó desconsolado en una silla de la cocina.

—Pero podemos buscar otra solución. No me importa que pierdas un curso, puedes ocuparlo en otras cosas.

—Bueno, tendré que ver lo que le parece a mamá...

—A mamá hay que dárselo hecho. Ponernos a pensar con ella sería sólo una complicación. Se pondría a lamentarse, a llorar, y ya... no lo soporto.

A Ramón le extrañó ese arranque de rebeldía por parte de alguien tan dócil, tan discreto como su hermana. Pero tal vez es que todos habían cambiado.

—Si te parece iré al colegio la semana que viene y allí hablaremos. Yo he ido a hablar con tus profesores para tenerte el terreno preparado por si querías volver, pero no es necesario que vuelvas. Ahora, no puedes quedarte donde estás mucho tiempo, no es natural. Tú no eres un delincuente.

—Aníbal tampoco.

—Aníbal no tiene familia, no tiene nada. No te compares.

Ramón dio por terminada la conversación. Se levantó y fue a salir. Su hermana le dio un beso.

—Coge dinero de mi cartera. Iros al cine. Echan *El fugitivo*. Es muy buena.

Ramón volvió al salón. Aníbal y su madre estaban viendo en la tele la repetición del programa de Nochebuena en el que salían los presentadores de los telediarios

144

haciendo el payaso. La madre le contaba lo que sabía de la vida de cada uno de ellos.

—Ese de la barba se casó el año pasado con una que presenta otro telediario, pero él por la noche y ella por la mañana. Y lo que yo digo, ese matrimonio no se verá nunca.

—Así no se pelean —le dijo Aníbal.

—Desde luego.

Ramón abrió el bolso de su hermana. Al lado de la cartera asomó un sobre. El sobre llevaba un nombre escrito: Marcelo Román. Ramón sintió curiosidad. Tampoco mucha. Es decir, de la misma forma que lo abrió podía no haberlo abierto. Pero ese pequeño acto significó que el curso de las cosas dio un vuelco decisivo. Mientras Gloria partía turrón en la cocina y pensaba en lo único que ocupaba su mente desde hacía unos dos meses, en que había llegado por fin el momento de ser valiente y darse la libertad que nunca había tenido y dársela también a su hijo; mientras ella repasaba uno tras otro los pasos que daría al terminar esa tregua que se había concedido, Ramón abrió el sobre y se encontró con su partida de nacimiento. A nadie le llaman la atención los papeles oficiales, llenan los cajones de las casas y suelen perderse en los traslados o morirse con las personas implicadas sin que estas les hayan prestado jamás el más mínimo interés. Pero hay algo en las partidas de nacimiento que las hace atractivas. Es la parte de nuestra existencia que no se recuerda, son recuerdos conservados por otros que nos pertenecen. Ramón Fortuna. Ese era el nombre de la criatura que nació un 9 de marzo de 1980, en la Maternidad del Hospital Gregorio

Marañón, a las 5.40 de la madrugada, hijo de Gloria Fortuna y de padre desconocido. Ramón leyó de nuevo: Hijo de Gloria Fortuna y de padre desconocido. Lo leyó una vez y otra y otra. Cuando oyó que su hermana se acercaba por el pasillo dobló el papel rápidamente y se lo metió en el bolsillo del pantalón. A partir de ese momento es como si alguien hubiera actuado por él. Como si alguien, un muchacho llamado Ramón Fortuna, hubiera comido dos o tres trozos de turrón, se hubiera despedido de su madre y de su hermana, y hubiera ido charlando con su amigo hasta el cine Excelsior. Ese alguien vio a Harrison Ford huyendo desesperadamente de la policía. Hubiera querido poder huir de la misma forma, saltar una presa de cientos de metros de altura, esquivar los disparos, ocultarse de ese pasado recién descubierto. Pero no podía. No se puede. El pasado estaba dentro de él como un monstruo que ruge, y cuanto más se empeñaba en ignorarlo más grande se hacía, hasta el punto de robarle el aire para respirar y la saliva de la boca.

Tres

Cuando Marcelo entró en la habitación a la hora de visita, no se encontró a Ramón sino a su amigo, el compañero de habitación con el que el chico había hecho, según le había comentado el asistente, una de esas amistades que surgen en las situaciones difíciles y en lugares como esos, donde los que llegan se enfrentan sobre todo y por encima de cualquier otra carencia a la soledad. Aníbal le dijo a Marcelo que Ramón no podía verlo porque estaba en la cama con gripe. Marcelo quiso subir a la habitación pero el chaval le dijo que no, que no, que le dolía mucho la cabeza y que no tenía ganas de hablar con nadie. A Marcelo le fastidió que Ramón no hubiera sido capaz de bajar un momento bien abrigado a hablar con él. Tenía buenas noticias. El fiscal había hablado con los padres de Jessi y parece que estos empezaban a convencerse de que nadie fue verdaderamente responsable de aquellas catástrofes en cadena, y que probablemente, quien había tenido más culpa de que su hija se cayera por el balcón fue su propia hija y el *tripi* que se había tomado una media hora antes. En cuanto al gordo, bueno, lo curioso es que no había nadie en la familia del gordo que quisiera perder el tiempo en clarificar de qué forma murió. Y no era por falta de familia. El gordo estaba casado y tenía tres hijos. No era un gordo solitario. Sin embargo, la madre de Ramón se había encontrado con la mujer del gordo y esta le había dicho:

—Yo sabía que esto pasaría más tarde o más temprano, porque tú sabes muy bien que mi marido andaba a la gresca con todo el mundo que pasara por debajo de su puerta. Lo sabía. Y le avisaba: «Un día sube alguien y te parte la boca». Es que era un sinvivir, cuando no por H por B, en mitad de una comida, en mitad de una película, en mitad de lo que le pillara, no vamos a especificar, oía cualquier cosa y salía a poner orden. Y desde que se había jubilado ya es que era todo el día. Total que no sé yo lo que haría tu chico con él, pero lo que sí sé es que él se lo estaba buscando, y no me voy a meter en líos de juicios porque a mi marido le haya pasado lo que le tenía que pasar. Me lo dicen mis hijos: «Que no, mamá, que no podemos dejar que aun después de muerto le amargue la vida a nadie».

Le molestó mucho que Ramón no se dignara a bajar, porque al fin y al cabo, él había cruzado Madrid para charlar con él un rato, y lo que era peor, para traerle un pequeño regalo. Se sintió algo ridículo por tener atenciones con un mocoso que se disculpaba porque tenía algo de gripe, y ahora le daba no se qué darle el obsequio a aquel chico enclenque que tenía delante y que seguramente no había tenido ningún regalo de Navidad. Era doblemente ridículo por crearse ese tipo de conciencia.

—Bueno, toma —le dijo de una forma que sonó muy ruda, y le dio el paquete—. Era para él pero os lo podéis repartir.

—¿Lo abro aquí mismo?

—No, no, en la habitación. Me voy. Dile que cuando se mejore que me llame —él mismo se dio cuenta de que se estaba mostrando dolido, decepcionado.

—Ramón me ha dado esto para usted. Él me ha dicho que cuando lo vea todo que le llame. Pero bueno, yo digo lo que me dicen. A él le diré que llame, y a usted le digo que llame. Yo repito lo que me dicen.

Era una caja de cartón. La abrió en el coche. Había un montón de fotos, todas con una pequeña explicación en la parte de atrás, escrita con una letra femenina y antigua, probablemente la de la madre de Ramón: *Román y Mariano, tomándose unas cañas.* A Marcelo le vino entonces a la memoria el sitio, un lugar que se le perdía en una zona muy antigua de sus recuerdos, el kiosko que había en lo que llamaban El Depósito, donde se aparcaban los trenes viejos. Recordó aquel lugar raro de ruinas tan queridas por los niños de los ferroviarios, vagones en los que uno podía jugar de verdad a ser maquinista o bandolero del Oeste. *Román y Gloria*, Gloria muy pequeña, con una faldilla tan corta que casi se le veían las bragas, regordita, de unos tres años, con unas gafas de sol de lunares, de esas que vendían en el puesto de chucherías. *Las dos familias*, los dos matrimonios y Gloria y él, en la puerta de *Los Asturianos* una mañana de domingo. Marcelo se echó a reír al ver después de tanto tiempo las puertas de aquel bar, unas puertas de pretendida inspiración árabe, con forma de herradura, chapadas en aluminio, y con los dibujos de las tapas en los cristales. *Marcelo y Román* con galones sobre la chaqueta del uniforme, militarizados, probablemente a causa de alguna huelga. *En la piscina municipal*, las dos madres en primer plano, bastante gruesas, muy blancas, con unos bañadores que les marcaban unas barrigas tremendas, con unas toallas sobre las piernas y mirando con los ojos guiñados por el sol a la cámara. *En el portal de Martínez de la Riva*, en la puerta de su casa, él ya con unos diecinueve años, muy serio, molesto seguramente por tener que participar de una comida con amigos de sus padres. Se fijó en Gloria, tendría trece años, y ahora la recordó con precisión, recordó las pocas veces que la vio una vez que él empezó la universidad. Pero ahora es como si la tuviera muy cerca, aquel mismo día en que comieron en la estrechísima casa de sus padres. Gloria llevaba una falda larga de flores y una blusa que le dejaba la espalda al aire. Le enseñó los discos que tenía en la habitación, estaba entreteniéndola, de la misma forma que hacía cuando eran más pequeños y él la llevaba tomada de la mano por el bulevar. Ahora tiene delante aquellos pechos redondos y duros que se movían sin sujetador debajo de la blusa, el vello suave, nunca depilado, de las axilas, y el ligero rastro de sudor debajo de los brazos. La tiene delante aquella tarde de verano, viendo discos, mientras los padres tomaban el vermú en el salón diminuto. Era una adolescente muy deseable, mucho. Le faltaban unos meses para quedar embarazada.

Al fondo de la caja había un sobre, un sobre con su nombre. Lo abrió. Encontró la partida de nacimiento de Ramón y una nota de su puño y letra:

Me encontré esto por casualidad. Sólo quiero saber si es verdad y si tú lo sabías. Estaré toda la tarde esperando tu llamada. Ramón.

Aníbal abrió el paquete en cuanto el abogado salió por la puerta. Era un jersey de rombos granates y grises y una gorra de Nike. Sin pensarlo dos veces se puso la gorra. Cuando entró en la habitación Ramón seguía sentado en la cama, tal y como lo había dejado.

—¿Se lo has dado?

—Sí, y me ha dicho que lo llames. Te ha traído un jersey de regalo, y a mí me ha traído esta gorra.

Ramón miró el jersey sin mucho interés.

—El jersey es como para un viejo —le dijo Aníbal—. Si alguna vez quieres llevar la gorra, yo te la dejo, ¿a que es alucinante?

Cuatro

Lo lógico hubiera sido que se sentaran uno al lado del otro porque los sillones de enfrente quedaban muy lejos, pero Ramón se cuidó inconscientemente de que su hermana, hasta el momento su hermana, se mantuviera a distancia, para evitar la tentación del contacto físico. Evitó en todo momento mirarla a los ojos, pero lo que no pudo evitar fue que ella le buscara la mirada, intentando algo parecido a un perdón.

—Pensaba hablar contigo cuando pasaran las Navidades.

—Ya lo sé, me lo dijo Marcelo.

—Me gustaría explicarte cómo ha sido mi vida, Ramón, no te digo ahora, pero algún día quiero tener la oportunidad de explicarme.

—Yo no puedo hablarte de repente como si fueras mi madre.

—Ni yo puedo pedírtelo. Pero quiero que sepas que a mí tampoco me dejaron hablarte como si fueras mi hijo. No le echo la culpa a nadie, también es cierto que para mí fue más cómodo descargarme de esa responsabilidad tan grande, pero yo he salido perdiendo. He tenido un hijo delante de mí durante quince años y no he sido su madre.

—A lo mejor ya no puedes serlo.

—Es muy probable.

Ramón sintió que tenía ganas de hacerle daño, de ser cruel con ella, hubiera querido gritarle, decirle me da asco que seas mi madre, me da vergüenza mirarte y pensar que fue en tu barriga donde estuve nueve meses, que fuiste tú quien me echó al mundo, no quiero ni imaginar que mamé de tus pechos, que cuando me acostaba de niño en tu cama era a mi madre a quien abrazaba, no a mi hermana como yo creía. No quiero verte más, ni a ti, ni a esa madre vieja, que de repente se ha convertido en mi abuela. No quiero ver a la Eche, que participó de esta mentira asquerosa que ha durado toda mi vida, que se fraguó antes de que yo naciera. No quiero que me habléis de mi padre, que ya nunca más será mi padre, que te obligó a ocultarme, a negarme, y me hizo pasar por un hijo suyo. No quiero llamar mamá a la madre que ahora lloriquea en los pasillos de la casa, ni quiero llamártelo a ti. No quiero que mi madre sea la joven que se acostó con ese desconocido que aparece en la partida de nacimiento. No sé lo que ese desconocido puso en mí. No sé si era un asesino, un bestia, un cobarde o alguien mejor que cualquiera de vosotros. No sé lo que vosotros pusisteis en mí, porque no os conozco, cada vez que me habléis a partir de ahora tendré que preguntaros: ¿esto forma parte de la nueva verdad o de la antigua mentira? He padecido tanto por el disgusto que os di aquella tarde, por la vergüenza que pudierais pasar al cruzaros con los vecinos, con las llamadas de los periodistas, o al venir aquí a verme, y ahora resulta que yo tengo que comprender y perdonar, como me dijo Marcelo, porque al fin y al cabo no me ha faltado cariño, me ha sobrado.

Ramón tenía un discurso preparado, un discurso mental que bullía en su cabeza desde que se enteró, desde hacía tres días. Lo pensaba, lo aumentaba, encontraba nuevos argumentos, saboreaba las palabras imaginando cómo iba a decirlas, en qué momento las soltaría, y qué efecto provocarían en ellas, en las dos, en las dos mentirosas. Repasaba su vida y encontraba pruebas diarias de la verdad, cosas que le pasaron desapercibidas y ahora se decía a sí mismo: ¿pero cómo fuiste tan tonto, cómo no te diste cuenta? Recordaba el cariño competitivo y agobiante de las dos, la manía de desacreditarse la una a la otra delante de él, la lucha sorda por acompañarlo, por estar junto a él, por no dejarlo en paz. Tenía preparado su discurso, un discurso de adiós para siempre, como si a uno le dieran la oportunidad de despedirse antes de morir o allí mismo, en el cementerio, un momento antes de ser sepultado. Llevaba tres días sintiendo pena de sí mismo, y ahora, sin quererlo, esa compasión empezaba a extenderse hasta la mujer que tenía enfrente, que hacía grandes esfuerzos por no llorar, mientras él los hacía por no apiadarse.

—Yo hubiera acabado enterándome.

—Sí, hubieras acabado enterándote. Todo ha sido un desastre. Una mentira así sólo tiene sentido si se puede mantener toda la vida.

Gloria se levantó y se sentó a su lado, y como él había temido, le tomó la mano.

—No puedes imaginar lo que es tener catorce años, quedarte embarazada, y no decirlo hasta que estás de cinco meses porque tienes miedo a unos padres que sufren por ti, que viven por ti, y que se sacrifican por ti.

Estaba de cinco meses cuando se enteraron. El médico vino a casa porque una tarde me subió la fiebre hasta cuarenta. El médico le dijo a mamá: «Tiene una gripe muy fuerte y está embarazada». Ya no volví al Instituto aquel año. Cuando estaba de seis meses, mamá y yo nos fuimos, no volvimos hasta que tú naciste. Yo tuve un tropiezo a los catorce años, Ramón, pero me lo hicieron pagar caro. Me hicieron ver, continuamente, toda mi vida, que tenía que sentir vergüenza. Todo eso, por supuesto, queriéndome mucho, y queriéndote a ti también. ¿Qué puedo hacer ahora? No sé qué hacer, dímelo tú, qué puedo hacer.

—Tú eres psicóloga.

—Los psicólogos no sabemos resolver nuestros propios asuntos. Intentamos resolver los de los demás.

—¿Quién es mi padre?

—No puedo responderte a esa pregunta.

—Tengo derecho a saberlo.

—No puedo. Qué más da, no lo volví a ver. No era mi novio. Ramón, no tenía más que catorce años...

—Dímelo, sólo quiero saber un nombre, sólo un nombre, saber de qué lo conocías... —sin haberlo previsto, contra su voluntad, empezó a llorar entrecortadamente.

Gloria le estaba acariciando la cabeza. Ramón le apartó la mano. Ella también lloraba. Los dos ahora paralelos, sin tocarse, sin consolarse, oyendo el propio llanto y el del otro.

—Por favor, te lo pido, dímelo.

Ella se levantó, se fue hacia la puerta, y respiró profundamente para poder hablar.

—Fue en la calle, de noche, en el Parque Azorín. Mi amiga Martes y yo salíamos con tres chicos del Instituto. Primero fuimos a La Isla a tomar unas cañas y cuando ya estábamos muy cargados nos marchamos al parque. Allí nos fumamos unos canutos. A mí me gustaba uno de ellos, pero empecé con otro, luego seguí con el que me gustaba. ¿Te digo que lo hice con los tres? No te lo puedo asegurar porque no me acuerdo. No me acuerdo. Y no me arrepiento, cómo puedo arrepentirme de algo que sucedió hace dieciséis años. Sólo quiero que sepas que yo jamás, jamás, pensé que tú pudieras haber matado a nadie, ni en el peor momento que fue cuando llegamos del cine y todo el mundo hablaba de ti como de alguien que hubiera perdido completamente la razón. Así que te pido que no pienses por lo que te he contado, que yo era una anormal, que era un puta. Hay tantas cosas que se hacen a esa edad sin saber las consecuencias. Ramón, nunca he querido hablar con nadie de todo esto. No sé qué sentirás tú por no poder saber quién es tu padre, pero yo sólo siento vergüenza.

Abrió la puerta y se fue.

Cinco

Unas pisadas le interrumpieron el sueño, pero ya no se inquietó como le ocurría las primeras noches que pasó en el colegio. Estaba acostumbrado a que Aníbal se levantara dos o tres veces al cuarto de baño y a que saliera a pasear al pasillo para poder aliviar el dolor de tripa. La puerta del cuarto de baño estaba entreabierta, y la luz entraba oblicuamente interrumpiendo la oscuridad del cuarto y alumbrando como si fuera un foco la figura del maquinista que lo miraba —supo que lo miraba desde hacía rato— con sus ojos azules más tristes que nunca.

—Sé que estás enfadado conmigo, hijo.

—Yo no soy tu hijo. Ahora soy tu nieto.

—Eso no cambia para nada el cariño que yo te tuve.

—Pero sí que cambia mis recuerdos. Ya no sé cómo tengo que recordarte. ¿Por qué no me lo dijiste antes? Llevas mucho tiempo engañándome.

—No me hubieras creído, te hubieras enfadado conmigo, no me habrías dejado volver.

—No digas tonterías, uno no se puede enfadar con un muerto.

—Si quieres me marcho para siempre. Yo ya no puedo cambiar nada. Los muertos no pueden arreglar sus errores.

—Me gustaba tener un padre, aunque fuera un padre muerto. Ahora sé que no soy hijo de nadie.

—Eso no es verdad. Gloria sabe muy bien quién es tu padre.

—Es un monstruo con tres cabezas.

—No es un monstruo. Tu padre es Marcelo Román.

El maquinista se acercó hasta Ramón, mucho más de lo que nunca lo había hecho. Las caras de los dos estaban muy juntas, podía sentir el aliento del hombre sobre su cara.

—Nos lo ocultó a todos, pero no hay forma de ocultarle un secreto a un muerto, los secretos sólo son cosas de los vivos. Tú debes ahora guardar este secreto.

—¿Marcelo lo sabe?

—No, pero lo acabará sabiendo, sin que nadie se lo diga.

—¿Cómo te tengo que llamar a partir ahora? Ya no quiero llamarte papá como antes.

—No quiero que me llames abuelo, eso me pondría triste. Tampoco me gusta mi nombre. Tu madre lo grabó en el nicho y eso que sabía que no me gustaba. Llámame Fortuna.

—Fortuna...

—Fuiste el mejor hijo que puede tener un padre muerto.

Ramón hubiera querido abrazarlo pero al ir a hacerlo su figura se esfumó entre sus manos y no encontró más que su propio cuerpo. Aníbal salió por fin del cuarto de baño con un cómic en la mano. Se encontró con los ojos abiertos de Ramón.

—Esta noche tengo la barriga como un tambor.

Apagó la luz y hablaron un rato de la escuela-taller que iban a abrir en Las Matas el próximo trimestre. Ramón se sentía inesperadamente feliz.

Seis

Iba en manga corta, disfrutando de un sol de marzo que aquella tarde calentaba con una fuerza de verano anticipado. Tenía que andar un buen trecho desde la parada del autobús hasta la casa de Marcelo, que era de las últimas de la urbanización. Llevaba el jersey de rombos en la mano y tenía previsto ponérselo un poco antes de llegar. Nunca había tenido la oportunidad de darle las gracias por el regalo. Ahora le traía él uno. Traía además muchas cosas nuevas que contar, y eso le provocaba tal nerviosismo que por el camino se le escapaban pensamientos en voz alta o algún principio de risa.

Ese joven que anda ligero cruzando la urbanización de Molino de la Hoz camino de la casa de Marcelo Román no parece Ramón Fortuna. Está más delgado, los brazos le cuelgan de los hombros tan flacos que parece que en cualquier momento se le pueden caer y más que andar se balancea con una gracia insólita en él. Es muy joven, está a punto de cumplir dieciséis años, pero la cara se le ha vuelto más angulosa y ha perdido la expresión de niño.

Los ojos parecen más pequeños, la nariz más grande y el entrecejo ya no está poblado porque ayer por la tarde pilló unas pinzas que Aníbal tenía entre sus útiles de encuadernación y, primero tímidamente, y después completamente lanzado, se despejó la zona de vello. Silvester lo vio salir del cuarto y dijo: «Fortuna, no te estarás volviendo maricón». Fortuna pasó, sobre todo porque sabe que Silvester se unta aceite en los brazos y que está que se muere por el oficial de carpintería. Es un secreto a voces. Aparte de eso Silvester es un buen tío, es al único que dejaron venir a la casa-taller de toda la banda que había en el centro. De momento se le pasó la fiebre de ser El Rayo de la Albufera, ahora sólo piensa en barnizar y en su oficial. Aníbal se metió en el taller de encuadernación y se pasa el día con el delantal de carnicero a rayas rojas y negras pidiendo libros en rama y cosiendo hojas. Le encuadernó a su amigo Fortuna *El guardián entre el centeno*, pero se le fue la olla y en vez de escribir debajo J. D. Salinger escribió Charles Dickens, y cuando Fortuna le señaló el fallo, este dijo: «Mira, estas cosas luego nadie las nota, y menos cuando es un escritor extranjero. Tú porque estás puesto en el tema, pero la gente no lo nota. Además lo importante en la encuadernación es el trabajo de muñeca, el acabado, lo que se escriba luego, eso es lo de menos». Ramón sigue en informática. Dice su profesor que a lo mejor el año que viene ya puede dar alguna clase a las de la asociación de amas de casa. Sin cobrar, claro. Eso son prácticas. Duermen en el piso de arriba de los talleres y cumplen algunos trabajos sociales.

A él le ha tocado cuidar de un viejo y de su perro. Los saca por las tardes un rato a pasear, y el perro tira de la correa para correr y el viejo tira de Ramón en sentido contrario para que vaya despacio. El viejo se pasa la vida carraspeando, haciendo como que reúne saliva para soltar un lapo pero luego curiosamente nunca lo echa. Tiene la casa bastante guarra y Ramón se la ordena un poco por encima porque tampoco conviene pasarse de bueno. A Gloria no le ha acabado de gustar este plan de vida, dice que la casa-taller está bien para los chicos que han cometido un delito o que tienen que regenerarse pero que Ramón ni lo uno ni lo otro. Que a lo mejor en vez de regenerarse, degenera. Pero Ramón no tiene ganas de marcharse de Las Matas. Gloria le dijo, te vas a Londres el año que viene y aprendes inglés. No, a él Londres no le tira nada. Prefiere Las Matas. De Valentín supo algo por el gordo de Minnesota, que fue a despedirse de Ramón porque se iba voluntario a los paracas; el gordo le contó que Valentín había ido diciendo por el Instituto: «Yo fui el que salvó del trullo a Ramón Fortuna». También el gordo le contó que Jessi había vuelto a la academia andando con muletas pero que ahora casi no la veían porque iba su padre siempre con el coche a buscarla.

No parece Ramón Fortuna, el que se quedaba tantos domingos con su madre y las Eche jugando a la brisca en parejas. A la Eche-viva no la ha vuelto a ver desde hace dos meses. Dice Gloria que se pasa el día paseando a Harry, el nuevo perro, y que ya no sube tanto por casa, que las relaciones se han enfriado, quieras que no, las separa una muerta. Además no hay quien soporte a su madre, a su antigua madre, que está perdiendo la cabeza por momentos, y dice que cuando está sola se le aparece el maquinista y que la quiere tirar por el balcón para que deje de llorar y de molestar a los vivos y a los muertos. Así que desde hace un mes, como medida de prevención, ha bajado las persianas del salón hasta abajo y vive desde por la mañana hasta por la noche con luz eléctrica. Gloria no puede más, dice que como siga así la deja sola y se va de alquiler.

No parece Ramón el que está a punto de llegar a casa del abogado, porque hace sólo tres meses se hubiera sentido responsable de todo el desastre familiar que dejó a sus espaldas. Ahora lo ve desde lejos y se encuentra así más aliviado.

Se estaba poniendo el jersey cuando Marcelo salió a su encuentro. Lo había visto llegar desde la ventana.

—Pero, hombre, que te vas a asar...

—Es que estoy algo destemplado —le dijo Ramón algo cortado.

Pasaron a una habitación que Marcelo llamó «mi despacho». Y es verdad que lo parecía. Tenía una mesa con lápices, tinteros y cosas de escritorio, todas en fila, en perfecto orden, y un sillón para el dueño del despacho, y una sillita para el visitante del despacho, y el título de la universidad y libros y una pared llena de fotos enmarcadas. Ramón reconoció a su antiguo padre en muchas de ellas. Hacía mucho tiempo que no soñaba con él, también hacía mucho tiempo que no iba por la casa de Payaso Fofó así que el de las fotos le pareció un hombre distinto al que habitualmente lo miraba desde el marco que había encima de la tele. No tenía esa pinta melancólica de maquinista antiguo, en todas estas fotos aparecía riendo, trabajando, y disfrutando de la vida. Eran fotos de un vivo, no de un muerto. Le pareció un hombre mucho más alegre. Era evidente que el maquinista estaba de mejor humor que hace unos meses. Vio a Gloria muy joven, al lado de Marcelo y de los padres. Estaba muy guapa. La hubiera mirado más pero sabía que Marcelo lo estaba observando y prefirió dejarlo para cuando se encontrara solo. Estuvieron hablando mucho rato, bueno, estuvo hablando él porque Marcelo no paró de preguntarle sobre su vida en Las Matas y sobre su nueva vida.

—¿Y no vas a Vallecas a ver a tu madre y a tu hermana?

—Bueno, a Gloria, quieres decir... Veo a Gloria muchos sábados, viene a comer con nosotros o yo quedo a comer con ella en algún restaurante porque mi madre está últimamente regular. No sé, me ve y se pone a decir barbaridades...

—Ya, ya lo sé.

—¿Es que tú ves a Gloria?

—La he visto alguna vez. Ella te quiere mucho.

—Sí, sí, ya lo sé —cortó las palabras de Marcelo porque entrar en ese tema le resultaba muy incómodo—. Te he traído un regalo.

Sacó un libro de una bolsa que traía. Un libro que imitaba los libros antiguos. En la portada, con letras góticas, estaba escrito el título: *Criminales en serie* y debajo, Ramón Fortuna.

—¿Lo has escrito tú?

—No, no, yo he impreso las historias de los criminales, las busqué en Internet, hice la selección, y luego Aníbal es el que lo ha encuadernado, ¿a que está chulo?

—Sí, es un trabajo impresionante —dijo Marcelo algo desconcertado.

—Yo pensé que para tu trabajo como abogado esto te vendría muy bien. Es que vienen los juicios y todo, mira —le fue abriendo el libro caso por caso—. Vienen las fotos de los criminales. El de Milwakee, el asesino de Rostov, el estrangulador de Boston, bueno, este es el más típico. Y te cuentan toda la investigación, y la infancia de los criminales... Y en la primera página, he puesto algo que he escrito yo.

Ramón cogió el libro y lo llevó abierto contra su pecho.

—No te rías cuando lo leas.

—No me río, trae.

—Es que es una poesía. Es que de repente he pensado en escribir poesía, bueno, no de repente, llevo ya bastante tiempo pensándolo, pero ya lo tengo superclaro. La lees de un tirón y luego me dices lo que te ha parecido, toma.

Marcelo leyó:

RAZONES PODEROSAS

Ellos tuvieron sus razones:
Infancias desdichadas,
Mujeres crueles,
Madres torturadoras.
Ellos tuvieron sus razones.
La sociedad les volvió la espalda
Y los arrojó a la cuneta.
Ahora yo os digo:
¿Es el juez de la toga negra de cuervo
el que debe juzgarlos?

¿Es que puede ese juez condenarlos a la
muerte o a cadena perpetua y luego irse
a jugar tranquilamente con su linda hijita
de ojos azules?
¿Qué derecho tiene ese maldito juez?, me
pregunto.
¿Es que no es a la sociedad a la que debería
caérsele la cara de vergüenza?

Por Fortuna

—Es muy... interesante —dijo Marcelo queriendo
que sonara como un comentario positivo.

—¿Te ha gustado de verdad?

—Hombre, creo que como poesía está muy bien.
Bueno, tal vez la emprendes demasiado con ese juez. La
justicia no es perfecta, pero claro, es que tampoco me
estás hablando de angelitos. El de Milwakee y gente así.
Son completamente despreciables.

—No es que me ponga de parte de los asesinos. Es
que no has entendido la poesía, me parece a mí. Es una
poesía simbólica, quiere decir que hay que comprender
a todo el mundo.

—A todo el mundo, a todo el mundo...

—Bueno, dime que no te ha gustado la poesía y ya
está —le dijo Ramón muy dolido.

—Si la poesía me gusta, lo que no me acaba de gustar es el mensaje.

—¿Pero la poesía, entonces, te gusta? —Ramón
quería de una u otra forma conseguir algún tipo de elogio.

—Sí, la poesía me parece, ya te he dicho, muy interesante.

—Si quieres puedo arrancar esta hoja y te hago otra poesía con el mensaje contrario.

—Que no, que no, si tienes razón. Tú eres el poeta. No te voy a decir yo el mensaje que tienes que ponerle a tu poesía. Además, el libro es... impresionante. ¿Y tienes... más poesías?

—No, sólo tengo esta. Es que es difícil buscar un tema así tan fuerte como este.

—Claro, claro.

Llamaron a la puerta. Marcelo fue a abrir. Por el pasillo cayó en la cuenta de la conversación y le dio la risa. Con la risa todavía, abrió. Eran Sara y Jaime.

—¿Qué pasa? —dijo Sara sonriéndole.

—Nada, que estoy hablando con Ramón Fortuna. Ha venido a verme. Estábamos cambiando impresiones sobre poesía.

Mientras, Ramón se había levantado y había corrido hacia la foto de Gloria. ¿Cuántos años tendría en la foto, trece, catorce? Le faltó rapidez para volver a la silla. Marcelo estaba ya en la puerta, mirándolo.

—Está preciosa. Tenía casi catorce años.

Jaime entró en la habitación, traía en las manos dos Airgamboys. Sin necesidad de presentaciones, se los enseñó a Ramón. Andaba ya perfectamente, y trepó por el sillón de su padre para coger uno de los tinteros.

—De eso nada, Jaime. Ya sabes que aquí no se puede tocar.

Jaime se quedó gruñendo, sentado debajo de la mesa, echando a los Airgamboys el uno contra el otro.

Sara entraba y salía del cuarto. A Ramón su presencia siempre le ponía un poco nervioso, tenía la sensación de que había algo en él que a ella no le gustaba. Siempre era muy amable pero había algo, no habría sabido decir qué. Marcelo volvió a sentarse con él. Quisieron seguir hablando con naturalidad pero la conversación se interrumpía cada vez que ella aparecía.

—Van a hacer un reportaje para televisión sobre el taller y sobre nosotros. Vicente me llamó y me dijo que yo no debía salir porque no soy representativo. No soy un hijo abandonado y esas cosas, tampoco soy un delincuente regenerado. Claro que mi verdadera historia... nadie la sabe.

—Entonces al final... ¿no sales?

—Sí, sí, me he empeñado y salgo. Además no se nos va a ver bien, la cara sale medio borrada... ¿Tú quieres salir?

—Yo, ¿por qué?

—Como me ayudaste.

—Yo ya me hice famoso un rato. Ya tuve suficiente. Lo mío no son los pequeños delincuentes, Ramón, yo ayudo a los adultos a que no paguen los impuestos que deben pagar.

Los dos sonrieron.

—Este es el jersey que me regalaste.

—¿Y llevas estos tres meses con la etiqueta puesta?

Marcelo fue a por unas tijerillas al escritorio y le cortó el cordón de la etiqueta, que colgaba de la manga.

—Bueno, es que no he tenido muchas oportunidades de ponérmelo, pero me gustó bastante.

—Ramón, me hubiera gustado que te quedaras a cenar pero dentro de una hora y media o así hemos quedado para salir con unos amigos.

—No importa. Yo no había venido para cenar, había venido para darte el regalo.

El teléfono sonó en la habitación de al lado. Se oía la voz de Sara: «Bueno, qué se le va a hacer». «No importa, ya lo arreglaremos de otra manera». Después entró en el despacho y miró a Marcelo con cara de decepción.

—Era Begoña, que no puede venir a quedarse con Jaime —Sara suspiró melancólicamente—. Hace quince días que no salimos a ningún sitio.

—Vete tú. Me quedo yo con Jaime.

—No, a mí sola no me apetece.

—Si queréis, yo me puedo quedar con el niño —Ramón sintió la posibilidad de congraciarse con Sara—. Me decís lo que tengo que hacer y yo me espero despierto hasta que volváis.

Los dos, Marcelo y Sara, se quedaron mirándose. Marcelo levantó las cejas, haciéndole ver a su mujer que era una posibilidad a tener en cuenta.

—Marcelo —le dijo Sara suavemente—, puedes venir un momento.

La pareja se fue al salón y cerraron la puerta. Ramón les oía hablar pero no llegaba a captar lo que estaban diciendo. Oía hablar a Sara, oyó su nombre, el nombre del niño, le pareció escuchar también el nombre de Gloria. Caminó de puntillas hasta la puerta del salón y acercó la cabeza para oír mejor. Jaime había salido también del cuarto. Estaba apoyado en el quicio de la puerta del despacho y lo miraba sin entender qué hacía ese joven inclinado y atento a lo que decían sus padres en la otra habitación. El niño se fue a acercar pero Ramón le hizo un gesto para que no se moviera, y puso el índice sobre los labios para que no dijera nada.

Sara estaba enfadada. Había cosas que no entendía. No sabía por ejemplo qué tenía que ver Gloria con que Ramón les hubiera dicho que podía quedarse a cuidar al niño. Sara no quería que Ramón se quedara porque decía que ella no ponía la mano en el fuego por un chico que había demostrado ser muy inconsciente, muy atolondrado. Le decía a Marcelo, pero qué te crees que estoy tan loca como para dejar a mi hijo en manos de alguien que no sé lo que tiene en la cabeza. Marcelo no quería discutir, le contestaba que bueno, que si ella no quería Ramón no iba a quedarse con el niño, pero que no exagerara, que el chico no era ningún perturbado, tú misma me dijiste que no me encerrara en mí mismo, que podía compartir contigo mi pasado, bueno, pues mi pasado es muy escaso, Sara, y este chaval forma aunque no lo quieras parte de él. Qué mosca te ha picado, Marcelo, ya hiciste todo lo que tenías que hacer por esa familia, ya hiciste lo que tu padre te hubiera pedido que hicieras, qué interés tienes ahora en continuar la relación, es un interés por el chico o por alguien más. Sara estaba cada vez más nerviosa. Marcelo subió la voz para decirle no digas tonterías, no digas tonterías, estás delirando. Sara rompió a llorar. Por favor, esto es completamente absurdo, dijo Marcelo ahora dulcemente. Puede ser que Marcelo la rodeara con sus brazos, que la acompañara con suavidad hasta el sofá. Puede que allí la besara y le dijera no llores así, que me partes el corazón. Ramón volvió al despacho y espero allí, con Jaime, que seguía mirándolo desde la puerta, ahora con el cuerpo mirando hacia el interior de la habitación. Oyó los pasos de Marcelo en el pasillo acercarse hacia allí. Se levantó. Marcelo intentó una sonrisa.

—Bueno, Ramón, es que Sara es muy miedosa con el niño, ha tenido últimamente fiebres muy altas y...

—No pasa nada, si yo ya me iba.

—No, espera. Puedes quedarte un rato. Siéntate, por favor.

—He oído algo de lo que decía Sara —le confesó Ramón mientras se sentaba.

—No pienses...

—Sólo quiero decirte que la entiendo, que la entiendo.

Marcelo lo vio ahora como la primera vez que fue a visitarlo, de pronto había desaparecido todo el empaque, toda la seguridad con la que había entrado esta tarde en su casa. Lo vio como entonces, con una sombra de desconsuelo que le hacía inclinar la espalda hacia delante.

—Hay algo en lo que te mentí cuando te conté cómo habían ocurrido las cosas aquella tarde. Al principio no me importó mentirte, pero ahora, ahora que ya nada importa, ahora que ya nadie me pide explicaciones, quiero que sepas algo: al gordo lo maté yo. Estaba inclinado, sujetándose sus partes porque yo le había dado una patada para defenderme, eso es verdad. Se inclinaba hacia atrás y hacia delante al lado de la escalera, miraba hacia arriba de una manera que yo supe que estaba esperando a que se le pasara el dolor para levantarse y agarrarme otra vez del cogote. Así que simplemente le di una patada en la rodilla y la nuca se le fue contra el escalón. He querido pensar muchas veces que no había tanta diferencia entre haberle dado la patada y no habérsela dado, al fin y al cabo, podía haber perdido el equilibrio él solo, pero sí que hay una diferencia, la diferencia es que desde entonces no me he olvidado de que yo maté a ese hombre. Ahora estoy donde tengo que estar, no soy mejor que los tíos que viven conmigo: no sé quién es mi padre y maté a una persona.

Marcelo acompañó a Ramón hasta el autobús. Andaban muy despacio porque seguían el paso de Jaime que se paraba a cada momento. Marcelo pasó la mano por encima del hombro de Ramón, le dijo, no pienses más en aquello, no hay ningún asunto pendiente, no creas que tienes que cumplir ninguna penitencia. Todo esto te ha servido, ya lo verás.

El sol se iba escondiendo según ellos avanzaban y la luz del atardecer dibujaba todos los colores con una nitidez sobrecogedora. Marcelo se sintió conmovido. Y eso, en alguien como él, con tendencia a evitar las emociones, era casi como una sensación nueva. Algo crecía en su interior desde hacía tiempo, todavía no quería ponerle un nombre pero ya no había forma de pararlo. Le hubiera gustado poder hablar sinceramente con el chico pero no sabía cómo se hablaba sinceramente, le habría gustado decirle, Ramón, Ramón Fortuna, cuando se mira el pasado parece que todo estaba previsto, los encuentros, las huidas y los regresos, parece que uno tropezó donde debía y acertó donde estaba señalado, pero no hay nada escrito, y no le podemos pedir a nadie que

173

nos ilumine el camino del futuro, es nuestro propio corazón desconcertado el que tiene que guiarse a ciegas y superar el miedo a dar un paso adelante. Por eso, no hay que volver la cara a los muertos, que te acompañan sin hacer mucho ruido, desapareciendo a veces durante años, y apareciendo de nuevo por un hecho absurdo, inesperado. No esperan nada, no cambian nada, no aconsejan, no pueden mentir, ni destrozarte la vida, pero a veces su figura ya olvidada se vuelve poderosa. Aquella tarde tú, Ramón Fortuna, a quien no conocía, me devolviste unos cuantos recuerdos borrados, ahora son brillantes y nítidos como esta misma tarde. Los muertos. Nos acompañan, nos ven andar ahora al mismo paso, te ven a ti, cómo te recuperas del que pudo ser tu destino, me ven a mí, adivinando a tientas el mío, ¿es que no los oyes? Son los ecos que nos llegan desde el otro barrio.